일본유학 에피소드

다시
교토에게.

멀리서 바라보던 일본,
가까이서 바라보고
들여다보고
만져보고
느껴보면서
어느덧 묵직한 한 덩어리로
자리 잡았다.

일본유학 에피소드

다시
교토에게.

김희정 지음

프로방스

PROLOGUE

'가깝고도 먼 나라, 일본!' 그 말이 내 인생에 그대로 적용될 줄은 몰랐다. 정서적 간격만큼이나 바다 건너 먼 나라에 불과하다고 생각했던 그곳이 내 생활공간이 될 줄이야.

국경을 넘나드는 정서의 간격은 크다. 오랜 세월 쌓아 온 정서가 굳어져 차이를 벌린다. 역사적인 갈등 관계가 있었다는 보이지 않는 거부감이 마음속에 자리 잡아 가치관을 고정시킨다. 어차피 물리적 거리가 방어벽이 되기에 감정 조절에 신경 쓸 필요는 없다. 일본 유학 전까지의 생각이었다.

일본 유학이 결정되자 기대감보다는 걱정이 앞섰다. 정치적·역사적으로 은미하게 퍼져있는 보이지 않는 간격을 몸소 감당해야 한다는 현실적 이유에서였다. 아이들과 함께할 이국에서의 유학 생활이기에 부담감은 더했다.

현지인들과 1박 2일 겨울 여행은 내 여행관을 거스른 내 인생

최대의 여정이었다. 일본 지인과 이자카야에서 민감한 분야인 독도 논쟁을 벌이기도 했다. 아들은 언어와 문화가 다른 소학교에 적응하기 위해 노력했다. 먼저 다가갔더니 마음을 열어 준 대학 동기는 유학 내내 든든한 멘토가 되어주었다. 조금의 허점이라도 트집 잡는 일본 부동산의 엄격한 심사를 통과해 임대보증금을 전액 반환받기도 했다. 잔돈을 거슬러 준 시골 할머니가 고마워 무턱대고 500엔을 건넸다가 혼난 일도 있었다. 이런저런 에피소드를 겪으면서 유학 일기는 가득 채워져 갔다. 먼지처럼 사라질 추억의 파편이지만, 당시에는 내 정서에 커다란 반향을 일으킨 시간이었다.

일본에는 '이치고이치에(一期一会)'라는 말이 있다. '인생에 단 한 번밖에 없는 기회', 즉 사람과 사람의 인연을 중요시한다는 뜻이다. 유학 생활 동안 스치고 지나간 인연도 있었고, 끊임없이 이어진 인연도 있었다. 내 마음을 괴롭힌 인연도 있었고 생면부지의 고마운 인연도 있었다. 보이지 않는 갈등도 있었고, 의도치 않은 결과도 있었다. 그 인연들을 거치면서 그간 굳어져 있던 내 가치관은 휘청거리기도 했고 방향 전환을 하기도 했고, 그리고 점점 겸손해져 갔다.

멀리서 바라보던 일본은 가까이서 바라보고, 들여다보고, 만져 보고, 느껴 보면서 어느덧 묵직한 한 덩어리로 자리 잡았다. 내 가슴에 슬며시 끼어들 수 있도록 빈틈을 허용해 주었다.

글쓰기에 도움을 주신 가족, 강경만 과장님, 김경희 교수님, 선광옥 사무관님, 김희연 사무관님, 양영훈 작가님, 야스다 상, 그 밖에 모든 분들에게 감사드린다.

CONTENTS

EPISODE 4   교토에서 과거를 보다

EPISODE 5   교토를 외도하다

교토에서 애국자가 되다

독도를 준다고?

'당신을 화나게 하는 사람이 당신을 지배한다.'

오스트레일리아 엘리자베스 케니가 한 말이다. 서로 논쟁하다 보면 자신도 모르게 감정 조절이 안 되고 화를 내게 된다. 화를 낸 다면 진 것이다. 화는 이성을 마비시켜 논리를 흩트린다.

2년간의 교토 유학을 떠나기 전 걱정이 앞섰다. 가장 큰 걱정거 리는 국민감정이었다. 그 당시 양국관계는 위안부 합의 문제로 악 화일로로 치닫고 있었다. 뉴스에 귀 기울이며 원만히 해결되기를 원했지만 걷잡을 수 없이 나빠져만 갔다.

가족을 데려가야 했기에 더욱더 걱정이었다. 아들을 소학교에 맡기고 그들이 가르치는 역사를 배우게 해야 했다. 일본 아이들의 짓궂은 공격이 있을지도 몰랐다. 나도 현지인들과 역사적 견해 차 이를 어떻게 넘겨야 할지 은근 고민이었다.

‘역사를 잠시 접어두자.’ 그렇게 마음먹었다. 가슴 한구석 서려 있는 아픈 과거를 잠시 묻어 두기로 했다. 그들 나라에서 살아야 했기에 어쩔 수 없었다. 만일 논쟁을 벌인대도 언어 제약으로 질 게 뻔했다. 비겁한 생각이었지만 우리 가족이 편히 지내기 위한 최선의 선택이었다.

입국 초기 현지어에 당황했지만 언어는 그다지 문제 되지 않 았다. 말을 잘 못 알아들어도 대부분 친절히 설명해 주었다. 얼마 후 구청에서 배정해 준 소학교를 아들과 함께 찾았다. 5학년 2반 을 배정받고 담임 선생님께 잘 부탁한다며 몇 번이고 고개를 조 아렸다.

예상대로 첫날부터 아들은 잘 적응하지 못했다. 모르는 언어, 낯선 환경 탓에 극심한 스트레스에 시달렸다. 어쩔 수 없이 선생 님께 간곡히 부탁해 아들과 함께 소학교를 다니게 되었다. 옆자리 에 앉아 수업 내용을 통역해 주는 일은 번거롭고 창피한 일이었 지만 아들이 타국 학교생활에 얼른 적응하기를 바라는 마음에 참 을 수밖에 없었다.

일본 소학교의 수업 진행 방식은 우리와 비슷했지만 조금 더 엄격한 듯 보였다. 교과서는 학창 시절 봤던 것과 비슷해서 친숙하 게 느껴졌다. 그들 모국어인 ‘국어’, 그들 역사인 ‘국사’라는 용어 가 처음에는 무척 낯설고 어색했다.

통역과 숙제를 도와주며 자연스레 책 내용까지 들여다보게 되었다. 국사책에는 역시나 우리나라의 아픈 역사가 담겨있었다. 당연히 그 속에는 '독도'도 들어 있었다. 일본 열도를 빙 둘러싼 테두리 안에 있는 섬! '다케시마', 일본 영토를 한국이 불법 점유하고 있다고 적혀 있었다.

순간 화가 치밀었지만 내색할 수가 없었다. 거긴 아들이 다녀야 할 학교였다. '독도는 우리 땅'이라는 노래가 나도 모르게 떠올랐지만 애써 감정을 억눌렀다.

아들은 어느덧 소학교에 적응해 갔다. 나도 대학원에서 수업을 받기 시작했다. 귀를 쫑긋 세우고 집중해서 일어를 듣다 보니 수업이 끝나면 진이 다 빠졌다. 집에 올 때 가끔 야키토리(닭꼬치) 식당에 들러 시원한 맥주로 위안을 삼곤 했다.

몇 번 가다 보니 자주 마주치는 단골들과 자연스레 인사를 나누며 친해지게 되었다. 그중 중학생 아들과 단둘이 사는 일본인과 유난히 가까워졌다. 소학교 준비물을 문의하기도 했고 리포트 제출 전 교정을 부탁하기도 했다. 만남이 잦아지자 가끔 밤늦도록 술을 마시기도 했다. 생생한 현지 일본어와 문화를 배울 기회로 삼으며 만남을 이어갔다.

정치, 역사 관련 민감한 얘기는 되도록 피했다. 문화, 관습 같은 무난한 얘기들을 술안주 삼았다. 간혹 술 취해 위안부, 독도 단어가 슬며시 나오기는 했지만 못 알아듣는 척 화제를 돌려버렸다.

독도! 결국 우리는 그 문제를 건드리고야 말았다.

오랜 만남에 얘깃거리가 바닥나다 보니 그랬는지 모르겠다. 결과는 당연히 참패였다. 먼저 화를 내버렸기 때문이다. 독도에 대한 지식도 부족했고, 언어능력에서 차이가 심했다. 어렵게 사귄 현지인에게 화를 내었기에 그날은 영 찜찜한 기분으로 돌아갔다.

문제는 다음 날이었다. 술이 깨니 미안한 것은 둘째 치고 억울함이 밀려왔다. 해외에 가면 애국자가 된다고 왠지 독도를 빼앗긴 기분마저 들었다. 냉정히 생각해 보니 독도 분쟁에 대해 정확히 몰랐던 게 패배의 원인이었다. 아들에게 물어보니 '아빠가 알려줘야지?' 하며 되레 면박을 주었다.

일본이 왜 독도를 자기네 땅이라 주장할까? 명확히 설명할 수가 없었다. 독도는 당연히 우리 땅이라는 생각에 논리적으로 무장하지 못했다. 그냥 일본이 뺏으려 한다고 감정적으로만 대처했었다. 일본인은 나쁜 놈이고, 독도에 지하 광물이 많으며, 독도를 차지하면 영토가 늘어나기에 그런다고만 생각했었다.

왜 독도가 우리 땅이지? 독도에 대한 양국 입장은 무엇이지? 제대로 설명할 수가 없었다. 설명도 안 되고 일어도 안 되니 화밖에 낼 수 없었던 것이다. 속상한 마음에 그날부터 며칠간 독도 관련 정보수집에만 매달렸다. 인터넷을 잘하는 아들에게 도움을 받으며 적지에서 힘겨운 싸움을 준비해 나갔다.

먼저 기초 정보부터 찾았다.

「독도는 경상북도 울릉군에 속해 있는 섬이다. 우리나라는 '독도', 일본은 '죽도(다케시마)'라고 부른다. 동경 131도, 북위 37도에 위치하며 한반도에서는 216km, 일본에서는 250km 떨어져 있다. 거리상으로도 우리나라에 조금 더 가까운 섬임이 틀림없다.」

다음은 왜 독도가 우리 땅인지 기본적인 입장을 정리했다.

「첫 번째는 오래전부터 고지도, 고문서 등 역사적 근거자료가 상당히 많다는 것, 두 번째는 우리나라가 실효적으로 지배하고 있다는 것」 이것이 우리가 주장하는 중요한 논리들이었다.

문제는 양국 간 입장의 차이였다. 일본이 왜 독도를 자기네 땅이라 주장하는지를 알아야 했다. 일본은 독도를 자기네 땅으로 만들기 위해 오래전부터 치밀하게 공략했다. 일본에 유리한 자료만 사료로써 인정했고, 불리한 자료는 철저히 무시했다. 우리나라 신라 지증왕 때부터 시작한 독도의 역사를 근거가 없다고 부정해 버렸다. 1905년 일본인이 주인 없는 땅인 독도를 발견해 시마네현에 편입시켰다는 최근 자료만 내세운다. 그렇게 독도를 분쟁지역으로 만들기 위해 우리나라를 자극하는 작전을 꾸준히 이어가고 있는 것이다.

그들 주장을 반박하기 위해서는 논리적으로 대처해야 한다. 단지 일본이 우리 땅을 뺏으려 한다며 감정만 앞세워서는 절대로 이길 수가 없다. 화를 내면 그들 전략에 말리는 것이다. 독도가 기록되어 있는 자료들은 수없이 많으며, 일본 내부 자료에서도 나온다. 모든 자료를 차근차근 정리해 독도가 한국 땅이라는 근거를 국제사회에 제시해야 한다. 우리 국민에게도 일본 주장이 무엇이며 어떻게 대처해야 하는지 정확히 알려줘야 한다. 그래야 논쟁에서 이길 수가 있는 것이다.

1965년 한일협정 때 박정희 대통령은 독도를 폭파해 버리고 싶다고 말했다고 한다. 양국 간 싸움만 하고 협상에 걸림돌이라 생각했던 모양이다. 감정적으로 대처한 것이다. 독도 폭파 발언은 이후 일본 우익들에게 계속된 독도 도발 빌미를 주었다. 대통령의 독도 수호 의지가 약하다고 본 것이다.

이자카야에서 일본인과 독도 논쟁에 섣불리 덤볐던 나도 마찬가지였다. 목소리를 높이며 화를 내고 있는 자신을 발견했지만 이미 늦었다. 아차 싶었지만 술기운에 화를 가라앉히지 못했다. 놀란 일본인은 어색한 분위기를 덮으려 농담을 했다.

'김 상, 미안해요. 아, 알았어요. 독도 그냥 줄게요. 보니깐 한국

에 더 가깝더구먼.'

'준다뇨? 당연히 우리 땅인데…'

기분이 상한 탓에 농담마저 받아들이질 못했다.

며칠 후 지인을 다시 만났다. 먼저 화를 낸 것에 대해 미안함을 전하자 그도 독도를 준다느니 했던 농담을 사과했다. 술 한잔 기울이다 보니 어느새 다시 독도 논쟁에 이르렀다. 여전히 언어적 불리함이 있었지만 전보다는 더 적극적인 공격과 방어를 할 수 있었다. 어눌한 일어였지만 차근차근 근거를 제시하며 반박했기에 만족스러웠다. 화낸 전력도 있어서 어중간한 시점에서 우리는 싸움을 멈췄다. 집에 돌아와 아들에게 자랑스럽게 무용담을 들려주었다. 독도를 다시 찾은 기분에 우쭐했다.

'머리는 차갑게, 가슴은 따뜻하게.'

감정적인 대응으로는 독도를 지킬 수 없다는 걸 몸소 체험했다. 제3자인 세계가 냉정하게 지켜보고 있다. 감정은 숨기고 논리로 무장해야 한다.

논쟁을 벌인 야스다 상

체험수기 독도문예대전 수상

교토에서 애국자가 되다

새로운 언어를 배우다

"축하합니다. 학교를 빛내 주셔서 감사합니다."

아들을 소학교에 데려다주는데 교장 선생님이 대뜸 축하 인사를 하는 게 아닌가! 무슨 일인가 고개를 갸우뚱하는 나에게 그는 신문 한 장을 쓱 내밀었다.

일어를 모르는 아들의 학교생활은 언어 소통이 가장 큰 골칫거리였다. 대부분 한자로 쓰인 일본어에 아들이 빨리 익숙해지도록 도와주고 싶었다.

우리말은 한자를 몰라도 사는 데 지장이 없지만 일본에서는 사정이 달랐다. 일본어로 말할 수 있어도 한자를 모르면 소학교 수업을 따라가기가 어려웠다.

'히라가나'만 쓰면 일본인조차도 읽을 수 없기 때문에 그들은 반드시 한자와 섞어서 표기한다. 그 때문에 숫자를 알면 풀 수 있는 산수조차도 문제에 한자가 섞여 있어서 풀지 못하게 되고 만다.

교토에서 살던 동네에서 가장 기억에 남는 장소를 꼽으라면 단연 물레방아일 것이다. 서예학원 바로 옆에 있는 이끼 가득 찬 물레방아는 언제나 내 시선을 사로잡았다. 삐거덕거리며 돌아가는 물레방아를 아들과 나는 주말마다 조우했다.

물레방아를 대하는 온도 차는 달랐다. 아들의 손을 잡고 서예학원을 가는 나의 발걸음은 가벼웠지만, 재미있는 컴퓨터 게임을 포기해야 하는 아들은 달랐다. 물레방아가 물의 무게를 견디지 못하고 넘어가듯, 아들은 내 잔소리를 견디지 못하고 서예 가방을 메고 집을 나섰기 때문이었다.

서예 가방 메고 억지로 학원가는 아들

맨션에서 약 5분 거리에 있는 서예학원은 할머니 한 분이 원장이면서 강사였다. 교토의 서예학원은 대부분 가정집에서 운영되는 형태라 그런 식으로 운영되고 있었다. 한자와 서예에 능통한 어르신들이 학생들을 모집해 집에서 가르치는, 옛날 우리의 서당과도 같은 구조였다.

황금 같은 토요일 오후를 서예학원에서 보내야 하는 것은 게임을 좋아하는 아들에게는 고문과도 같았다. 주말은 편히 쉬고 싶다는 아들의 간절한 소망을 뒤로하고 나는 아들의 손을 이끌고 학원으로 향했다. 한자도 배우고, 글쓰기도 배우고, 인내심도 기르고, 일본문화 체험도 하고 일석다조라며 아들을 구슬려 학원으로 향했다.

수업은 평균 4시간 정도 걸렸지만 그리 힘들지는 않았다. 외국인이라 우리들만 다르게 가르쳤는지는 모르겠지만 기초는 건너뛰고 처음부터 한자와 히라가나를 바로 쓰게 했다. 원장님은 그저 지켜볼 뿐이었다. 실전에 바로 들어가고 모든 걸 스스로 깨우치게 했다.

첫날부터 우리는 서예 작품을 하나씩 완성했다. 그날그날 하나의 작품을 만들면서 아들은 뿌듯해했다. 난 그 작품들을 찍어 블로그에 올리며 아들의 성장을 차곡차곡 기록했다.

교토신문에 게재된 서예

아들 서예작품 클로즈업

　어설픈 실력이지만 열심히 흉내 내는 아들의 작품을 원장님이 교토신문에 투고하셨던 게다. 아무리 봐도 초딩 느낌이 물씬 풍기는 아들의 작품, 교토신문은 그걸 높이 샀는지도 모르겠다.

　1년여가 지나고 아들이 한국으로 돌아가기 전 서예학원 마지막 수업을 받았다. 원장님은 우리들이 간직할만한 작품을 만들게 하셨다. 난 '바위에 이끼가 생기다'라는 엽서를 만들었다. 아들은 '새로운 언어를 배우다'라는 서예를 새겼다.

서예학원 마지막 작품(바위에 이끼가 생기다)

서예학원 마지막 작품(새로운 언어를 배우다)

일본에서 만난 4강 신화

✳
✳

「교토상가 FC 축구 경기 당첨권」

로또 당첨만큼이나 설레던 나날이었다. 기다리고 기다리던 응모였다. 우편물을 꺼내 드는 순간, 당첨됐다는 걸 직감적으로 알았다.

맨션 1층에 있는 우편함을 들르는 건 반복되는 일상 중 하나였다. 일본은 아직도 우편으로 행정 절차가 이뤄지고 가스료, 전기세 같은 공과금도 내야 했기에 우편물을 확인하는 것은 매우 중요한 일이었다.

형식적이고 귀찮던 우편함을 언제부턴가 기대감에 부풀어 들르기 시작했다. 간절한 바람으로 우편물 꺼내기를 반복하다가 그 마음이 통했나 신은 결국 선물을 안겨 주셨다.

세계적으로 가장 대중적인 운동 종목을 들라 하면 단연 축구이다. 흔히 축구와 야구를 비교하는데 야구는 미국, 일본 등을 제외하고는 그다지 인기가 없다. 세계적으로 봤을 때 야구는 축구에 비해 게임도 안 되는 초라한 스포츠 종목일 정도로 축구의 인기는 압도적이다.

축구만의 인기 비결은 무엇일까? 우선 룰이 간단하다는 것이다. 발로 공을 움직여 상대편 골대에 넣기만 하면 된다. 다른 종목의 경우는 복잡한 룰을 익히기도 힘들다. 그 룰을 익힌 사람들은 재미있게 볼 것이고, 그렇지 못한 사람들에게는 관심 밖의 종목이 된다.

또한 축구는 누구나 참여할 수 있는 간편한 운동이다. 공만 있으면 된다. 두 명 이상만 되면 몇십 명이 되든 상관없다. 야구는 일정 수준 이상 모여야 하고 배트, 글러브, 공이 필요하다. 심판도 있어야 하고 남의 집 유리창을 지켜주는 그물도 설치되어 있어야 한다.

결정적으로 축구는 월드컵이라는 국가대항전이 있다. 4년마다 월드컵이 열리고 월드컵에 세계는 열광한다. 물론 다른 운동들도 세계적인 경기가 열리긴 하지만 상대적으로 월드컵은 역사가 깊다. 국가 간의 경기는 온 국민이 함께한다.

UN 가입국 보다 많은 국가가 참가한 FIFA는 4년마다 월드컵을 개최한다. 랭킹으로 보면 한참 아래인 우리나라는 2002년 월드컵을 개최하기에 이르고 세계가 놀랄 정도로 우수한 성적을 거두고 말았다. 바로 4강 신화를 이룬 것이다.

우리나라에 있을 때도 아들과 가끔 축구를 했었다. 공하고 수건만 챙겨 인근 초등학교 운동장에서 우리들만의 골대를 정해놓고 '3골 먼저 넣기'를 했다. 기술은 어른인 내가 더 뛰어났지만, 체력적으로는 초등학생인 아들을 따라잡을 수가 없었다. 후반으로 갈수록 저질 체력으로 인해 결국 아들에게 패하곤 했었다.

FIFA 순위도 낮은 우리나라, 인구도 적고 면적도 작은, 게다가 남미나 유럽보다 기술력도 뒤처지는 우리나라가 2002년 월드컵에서 신기록을 달성했다. 일등공신은 바로 '체력'이었다. 기술보다는 체력을 강조한 히딩크 감독의 전술로 우리는 4강 신화를 이루고 말았다.

그 4강 신화의 주역 중 한 명인 김남일 선수가 교토에 온 것이다. '교토상가 FC'라는 팀에 들어갔고, 교토를 지날 때마다 가끔 경기 포스터를 보곤 했다.

2002년 월드컵의 여운이 남아있는 난 교토 종합운동장으로 향하지 않을 수가 없었다. 경기장 밖에까지 들리는 함성, 그 가슴 설레던 순간을 아직도 잊을 수가 없다.

타국 생활의 특이한 점을 꼽으라면 드물게 보는 한국인이 무척 반갑다는 것이다. 온통 외국인에 외국말만 들리다가 반가운 한국 말이 들리면 자동으로 귀가 반응하게 된다.

모르는 한국인을 만나도 반가울 텐데 유명인을 외국에서 보다 니. 한국에서도 만나기 어려운 김남일 선수를 교토에서 본 것은 국제학교 축제 날이었다. 한국문화와 음식을 홍보하는 부스에서 그를 본 순간, 난 얼음처럼 굳어버렸다. 꿈에 그리던 월드컵 영웅 을 직접 보다니. 아내 김보민 아나운서와 함께 있었고, 행사를 빛 낼 정도로 멋진 모습이었다.

그 순간을 놓칠 수 없었다. 창피함을 무릅 쓰고 사진을 찍어달 라고 부탁했다. 얼른 아들을 떠밀어 사진 속에 그를 담았다. 긴장 감에 카메라 셔터를 제대로 누르지도 못했다. 집으로 돌아오는 길, 카메라에 담긴 김남일 선수와 아들 모습을 재차 확인하며 흡 족해하는 나에게 아들은 말했다.

"근데, 누구야?"

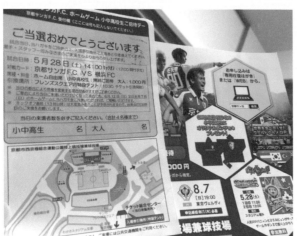

교토상가FC 당첨권

김남일 선수와 아들의 한컷

교토에서 애국자가 되다

눈은 눈썹을 보지 못한다

∗
∗

~~~~~~

"별로 신경 안 쓰는데요."

일본 유학 초기 일본인 지인에게 '지진'이 무섭지 않으냐고 나름 심각하게 물어보자 허무하게 돌아온 답변이었다. 되레 그는 나를 걱정했다. 한국에서 전쟁 위협 때문에 무섭지 않았냐고.

유학을 떠나기 전 몇 가지 마음의 준비를 했었는데 그중에서도 지진은 가장 큰 걱정거리였다. 의아하게도 막상 일본에 가 보니 현지인들은 대수롭지 않은 듯 생활하고 있었다. 오히려 북한의 미사일 발사와 핵 실험을 들먹이며 나를 더 걱정해 주기까지 했다.

눈으로 눈썹을 보지 못하듯 우리는 자신에게 붙은 허물이나 단점을 보지 못한다. 자신의 것을 보지 못할 뿐만 아니라 남의 것은 마치 돋보기로 들여다보듯 더 크게만 본다.

화분증도 마찬가지였다. 일본 편의점 입구에는 마스크가 즐비하게 진열되어 있다. 봄만 되면 삼나무에서 날리는 꽃가루 때문에 알레르기나 비염이 있는 사람들은 마스크 없이는 외출할 수가 없다. 대부분의 일본인은 매일 마스크를 쓰고 돌아다닌다. 이번에 코로나19가 닥쳤을 때 일본 정부가 조금 더 적극적으로 대처했다면 일본의 코로나19 상황은 달라졌을지도 모른다. 마스크 쓰는 문화가 익숙한 그들이었기에.

유학 생활을 하면서 비염기가 조금씩 생기기 시작했다. 결국 편의점에서 마스크를 구매하게 되었고 나들이를 할 때면 되도록 마스크를 착용했다. 안 하던 습관이라 어딘지 모르게 예의가 없어 보이는 게 부담스러웠고 가장 큰 문제는 숨쉬기가 무척 답답했다. 재채기가 나올 때마다 소나무로 뒤덮인 우리나라, 화분증 걱정 없는 우리나라를 그리워하곤 했다.

유학 후 한국에 돌아와서 마스크에서 해방될 줄만 알았다. 예전에는 봄에만 약간 있던 황사가 1급 발암물질인 미세먼지라는 커다란 공포로 연중 우리나라를 뒤덮어 버렸다. 그것도 계절 가릴 것 없이 연중 계속된다. 게다가 지금은 코로나19로 마스크는 외출 필수품이 되었다.

'중국발 미세먼지'

지진과 화분증, 일본을 보며 그랬듯이 이제는 중국을 쳐다보며 손가락질한다. 중국은 아니라며 발뺌하고 되레 우리 탓을 한다. 미세먼지는 한국 것이라며 중국 탓하지 말라고 뻔뻔스럽게 말한다. 수많은 화력발전소를 세우고 산업개발을 벌이고 있는 그들, 먼지 속에 포함된 중국산 화학성분들, 심증과 물증 모두 인정할 수밖에 없는데도 말이다.

그러나 예전의 우리나라도 마찬가지였다. 1962년부터 1981년까지 네 차례에 걸친 경제개발 5개년 계획으로 자연환경을 뒷전에 두고 개발에만 몰두했다. 콧속이 시커멓도록 공장 연기를 내뿜고 물과 공기와 토양을 오염시켰다. 국민소득 3만 불을 넘기며 선진국 대열에 들어섰지만 아직도 우리는 환경보호에 무디다. 십 년 넘은 경유차가 매연을 내뿜으며 도로를 질주하고 있고, 아직도 수십 개의 석탄 화력발전소가 가동되고 있다.

교토는 유독 환경 문제에 관심이 많다. '교토 의정서'로 유명한 기후협약이 교토에서 이루어지기도 했다. 세계 각국이 환경 파괴의 주범인 온실가스를 감축하기로 약속한 것이 바로 그 회의였다.

* 의정서: 국제 조약 등의 합의서를 일컫는 말로, '교토 의정서'는 기후변화협약에 따른 온실가스 감축목표에 관한 의정서임

전통적인 역사 도시 교토, 수많은 관광객이 몰려오는 교토도

코로나19 팬데믹을 피할 수는 없었다. 환경 문제뿐만 아니라 질병 문제 또한, 이제는 어느 한 나라의 힘만으로는 해결되는 시대는 지났다. 세계는 하나로 연결되어 있다. 혼자만 잘해서는 안 되고 남 탓만 해서도 안 된다.

'눈은 눈썹을 보지 못한다.'

상대방의 얼굴만을 보면 안 된다. 자신의 얼굴도 들여다보며 부족한 점을 인정하고 서로 합심해서 지구를 지켜나가야 한다. 우리가 살고 있는 지구는 누구 하나의 소유물도 아니며, 우리 인간만의 지구도 아니다. 지구상에 살고 있는 모든 생물의 보금자리, 즉 공동의 소유물이다.

교토 환경 포스터　　　　　　　　　교토 산의 스기나무(삼나무)

되돌려 받은 보증금

"부동산입니다."

시타나카 상을 다시 만난 것은 2년 반의 유학 생활이 끝나고 한국으로 돌아가기 한 달 전쯤이었다. 맨션 계약을 해지하겠다고 부동산에 연락하자 며칠 후 그가 찾아왔다. 반가운 얼굴이었지만 아쉬운 순간이었다. 일본 유학 전 계약을 위해 부동산에서 만났던 설렘 가득한 첫 만남의 그 느낌이 아니었다.

일본에서 집을 구할 때는 초기에 많은 돈이 들어간다. 매달 내는 월세(야칭) 이외에도 보증금(시키킹), 사례금(레이킹) 등 가짓수도 많다. 그중에서 보증금은 우리나라와 마찬가지로 임대계약이 끝날 때 찾는 돈으로 꽤 까다로운 절차를 거치게 된다. 부동산과 집주인이 방문해 집안 검사를 하고 보증금의 몇 %를 돌려줄 것인지를 결정하기 때문이다. 검사가 까다롭기 때문에 전액을 돌려받는 경우는 흔치 않다고 한다.

절 차	내 용	서 류	소요시간
①물건검색	○賃貸홈페이지를 통해 주소지와 조건을 정하여 조회 • http://www.chintai.net 등 • 지역, 집구조, 건축연도 등 실정·조회	무	1~2일
②부동산협의	○해당물건의 담당 부동산과 메일로 연락·협의 i)조건에 맞는 물건 소개요구(3~4개) ii)계약절차 문의 iii)구비서류 문의	무	1주일정도
③물건선택	○물건을 하나 선택하여 계약하겠다는 의사 전달 • 이 시점에서 물건을 홈페이지에서 내림 (추후 미계약시 물건 내린 기간동안에 밀금부과할 수도 있음)	무	1일
④입거신청	○입거심사를 위한 신청서 작성 i)본인 정보(이름·주소·소득액·가족 등) ii)일본인 보증인 iii)긴급연락처 2명(한명은 반드시 일본인) • 일본인 보증인이 있으면 긴급연락처는 불요	(본인)재정보증서 소득증명서, 며 권사본 (보증인)인감증명서, 계약시 서명·날인 (긴급연락처)성명, 전화번호, 직장명· 주소 연락처	2~3일 •미비한 내용 계속 요구함
⑤입거심사	○심사전에 야칭1개월분 입금 ○입거심사·부동산·오너·관리회사가 입거신청서를 검토·승인	무	1주일
⑥결과통보	○심사결과 통보 및 계약절차 안내 • 사전에 부동산과 협의된 상황이라 대부분 무난히 통과하는 것 같음	무	1일
⑦계약체결	○물건 확인(계약일 날) ○계약서 작성 i)계약일 협의 ii)구비서류 안내 iii)입금명세서 통보	〈계약시 구비서류〉 - 도장(한지) - 며권 사본 - 사진(가족 포함) - 재직증명서 - 주민표 - 보증인 인감증명서 - 입금명세서(금액 입금 1달이월 루턴신 수수료 등)	1일
⑧입주	○열쇠 수령 및 입주	무	1일

교토 맨션
임차절차 정리

　　오랜만에 시타나카 상을 보니 집 계약을 위해 떨리는 마음으로 부동산을 방문했던 날이 떠올랐다. 일본인과의 계약 건이라 얼마나 걱정이 되었던지 한국에서 우연히 만난 일본인에게 간절히 부탁해 함께 방문할 정도였다.

　　유학 준비를 위해 한국 외국어대학교에서 교육을 받을 당시 서

울에 있는 호텔에 묵은 적이 있었다. 아침에 학교에 가려고 나오는데 로비에서 일본어가 들리기에 귀를 쫑긋 세우고 들었다. 얼마 후면 일본으로 유학을 간다는 생각에 로비를 타고 들려오는 일본어를 쫓아갔고 테스트 겸 일본인에게 겁 없이 말을 건 것이 우리 인연의 시작이었다. 오쿠무라 상이라는 일본인은 사업차 우리나라를 방문했고 일본 유학을 준비 중이라는 내 얘기를 듣고 선뜻 명함을 건네주었다.

그 이후로도 인연은 이어졌다. 인터넷을 통해 일본 맨션을 알아볼 때 그분은 가족들 모두 데리고 집이 어떤지 봐주러 갔었고, 계약하러 교토에 갔을 때도 바쁜 일정에도 시가 현에서 교토까지 와서 내 든든한 보증인이 되어 주었다.

그 인연으로 일본 유학 중 그분 집에도 방문했고, 유학 내내 교토에서 몇 번이고 만나 함께 식사를 했다. 식사에 동참한 그분의 가족과 지인들은 또 다른 나의 인연이 되었다. 교토 가모강 위에 설치한 노료유카(평상)에서 함께 한 우리의 식사는 내 기억 속에 아직도 생생히 남아있다. 시원한 강바람을 맞으며 교토의 여름밤을 즐겼던 낭만 가득한 최고의 만찬이었다.

보증금 반환을 위한 검사에서는 나 혼자였다. 유학 생활 동안 일본어도 늘었고 이제는 다른 이에게 불편을 끼치고 싶지도 않았다. 시타나카 상은 꼼꼼히 집안을 둘러보았다. 벽에 묻은 때까지 체크하며 30분 정도 꼼꼼히 검사한 후 주인하고 상의하겠다는 불확실한 말을 남기고 돌아갔다.

일본에서는 집을 다시 비워주기 위해서는 또 하나의 해결 거리가 있다. 바로 모든 물건을 처분하고 아무것도 없는 상태로 되돌려줘야 한다는 것이다. 일본의 맨션은 입주할 때는 전등 하나 없는 달랑 건물뿐인 상태로 입주한다. 여러 번 야스다 상 차로 실어 나르며 쓰레기 처리장에 버렸지만 문제는 에어컨과 전등이었다.

한국으로 가져갈 수도 없고, 오래 사용해 중고로도 얼마 받을 수 없고, 버리기에는 아깝기에 그대로 놓고 가면 안 되냐고 시타나카 상에게 물었고, 그는 주인과 상의하겠다고 했다. 당연히 고마운 일인데 되레 내가 부탁을 하다니, 참으로 융통성 없는 임대 문화라고 속으로 투덜거렸다.

보증금 반환을 위한 검사까지 받아보니, 원칙대로 꼼꼼히 처리하는 일본 문화에 거부감도 있었지만, 보증금을 떠나 최대한 깨끗이 반환하고 싶었다. 한국인이 살아서 더럽고 훼손되었다는 이미지를 주고 싶지 않았다.

며칠 후 시타나카 상에게 에어컨과 전등은 남겨둬도 된다는 답변의 전화를 받았다. 얼마 후 주인이 방문하고 최종 점검을 했다. 일본에서 매달 월세를 입금하면서 자동으로 외우게 된 야마구치 상, 끝날 때가 돼서야 첫 만남을 가졌지만 왠지 자주 본 것처럼 친숙한 느낌이 들었다. 부부는 더 이상 임대를 주지 않고 본인들이 들어와 살 계획이라고 했다. 그래서인지 남겨두겠다는 에어컨과 전등에 감사히 잘 쓰겠다며 몇 번이고 감사를 표했다.

일본을 떠나기 며칠 전 시타나카 상으로부터 한 통의 메일을 받았다. 보증금을 전액 환불해 주겠다는 집주인의 결정이 있었다는 내용이었다.

교토에서 살았던 맨션

맨션 거실 옆 다다미 방 모습

교토에서 나를 찾다

쇼핑 시간이 긴 이유

내가 꿈꾸던 유학이라는 큰 그림에 차질이 생겼다. 가족들 모두 떠나려 했지만 아내의 휴직이 어려워 아이들만 데리고 유학 생활을 하게 된 것이다. 덜컥 겁이 났지만 조금씩 용기를 내었다. 까짓것 2년 정도인데, 혼자서도 잘 해내자고 다짐하며 유학 생활을 시작했다.

기본적인 생활용품을 미리 보내 놓고 출국 당일은 아이들과 캐리어 하나씩 들고 집을 나섰다. 아빠와 유학 간다는 기쁨에 아들은 공항에서부터 설레했다. 오사카 국제공항에 도착해 예약해 놓은 공항택시를 탔다. 몇 시간을 더 달려 밤늦게야 교토에 도착했다. 그날 밤은 여독에 지쳐 전등조차 없는 임대 맨션에서 이불 하나 깔고 곯아떨어졌다.

유학 초기, 모르는 언어와 낯선 환경 탓에 아들은 소학교에 잘 적응하지 못했다. 한국이라면 이런저런 핑계로 가사와 육아를 아내에게 떠맡겼겠지만 일본에서는 혼자 해결해야만 했다.

초보 아빠가 할 수 있는 일이라고는 맛있는 요리와 수업준비물 챙기는 정도였다. 매일 마트에 들러 스마트폰으로 생소한 상품명을 검색하며 찬거리를 골랐다. 다양한 음식을 만들기 위해 인터넷을 뒤지며 요리 공부를 하기도 했다. 가장 힘든 것은 아침에는 점심 메뉴를, 점심에는 저녁 메뉴를, 저녁에는 다음 날 아침 메뉴를 연속으로 고민한다는 것이었다.

수업 준비물 있는 날은 생소한 학용품을 사러 여기저기 문방구를 돌아다녔다. 참관 수업과 체육행사에는 빠짐없이 참가하며 아들의 눈에 띄도록 노력했다. 방과 후 학습을 위해 여기저기 학원을 알아보기도 했다. 엄마의 빈자리를 채우기 위해 끊임없이 노력하며 아들이 얼른 적응하기만을 빌고 또 빌었다.

'아! 자식은 그냥 크는 게 아니었구나!'

잃는 것이 있으면 얻는 것도 있다고, 그간 아내와 부모의 고마움을 새삼 느끼는 계기가 되기도 했다. 육아와 교육, 게다가 직장까지, 얼마나 힘들었을까 생각하니 아내에게 미안한 마음에 가끔 인근 공원에서 눈물을 삼키기도 했다. 가난한 시절 우리를 키우느라 고생하신 어머니 생각은 어찌 그리 났던지. 속 썩였던 일만 왜 그리 생생하게 떠올랐는지 모르겠다.

교토 마트 내부 풍경

'마트!'

한국이라면 쇼핑 바구니를 들어주거나 구경삼아 갔던 단순한 공간이었다. 마음 편히 다니던 장보기가 내 일이 되니 전혀 다른 곳으로 변했다. 보이는 대로 대충 집다 보면 생활비가 감당 안 되기 때문이었다. 어디에서 사야 싼지, 어느 제품이 좋은지 고민에 고민을 하며 물건을 골랐다.

장바구니 들고 오가는 골목길에서 문득 옛날 추억에 빠지기도 했다. 어렸을 적 멀리 시장에 가신 어머니를 눈이 빠지게 기다리곤 했다. 시골 장터는 5일장이었는데, 게다가 읍내에서만 열렸다. 10리 길을 걸어 반찬거리와 생활용품을 사러 가신 어머니를 기다리며 마을 어귀 길을 뚫어지게 쳐다봤었다.

실은 어머니를 기다린 것이 아니라 어머니가 들고 오실 장바구니를 기다렸던 것이다. 그때는 몰랐지만 어머니도 빨리 돌아가 맛있는 요리를 해서 얼른 우리 입에 넣어주고 싶었을 것이다. 교토 유학을 통해 비로소 그 속마음을 알게 된 것이다.

예전에 쇼핑을 하면 가격 같은 건 신경 쓰지도 않았다. 너무 비싸지만 않으면 거리낌 없이 바구니에 집어넣었다. 그래서인지 과자 한 봉지가 얼마인지, 우유가 얼마인지 도통 몰랐다.

일본에서 주부 생활을 직접 해 보니 전혀 달랐다. 어느 마트 야채가 싸고, 무슨 요일에 고기가 세일하고, 몇 시에 초밥을 할인하는지 자동으로 체크하는 버릇이 생겼다. 일일이 단가를 계산하고 기억하고 실행하는 습관이 나도 모르게 들어 버렸다.

자주 쇼핑하다 보면 쇼핑 동선도 정해진다. 식품 종류별로 단골 마트가 생기고, 마트에서도 과일 코너를 돌아 정육, 수산물, 과자, 빵 코너를 돌아야 시간을 최소화한다는 것을 자연스레 터득하게 된다. 자신만의 쇼핑 루트가 만들어지는 것이다.

동선이 흐트러지는 경우도 있다. 동선대로 쇼핑하고 계산대 근처에서 특가 할인하는 상품을 봤을 때, 예전 같으면 그냥 지나쳤을 텐데, 애써 되돌아가 먼저 집은 물건을 돌려놓고 특가품을 담아야 직성이 풀린다. 그러지 않으면 집에 오는 내내 머릿속에 찝찝한 기운이 맴돌기 때문이다.

주부 생활을 직접 경험해 보니 이제야 알겠다. 왜 여자들의 쇼핑 시간이 긴지를. 돈 한 푼 아끼며 더 좋은 것을 고르고, 더 많은 것을 사기 위해 그녀들은 그렇게도 집었다 놓기를 반복하고 있었던 것이다.

자주 가던 교토 니죠 역에 있는 마트(라이프)

교토 맨션 앞 편의점(세븐일레븐)

찐 아빠가 되다

"아빠! 저기 봐, 짱구네 집이네."

아들은 골목마다 보이는 건물을 연신 가리켰다. 애니메이션 '짱구'에서 보았던 일본 맨션을 직접 보니 신기했던 모양이었다. 유학 초기 우리는 그렇게 낯선 외국 정취에 흠뻑 빠져 있었다.

다람쥐 쳇바퀴 같던 단조로운 삶에 큰 변화였다. 내 인생은 어쩌면 일본 유학을 기점으로 둘로 나뉠지도 모른다. 학창 시절 제2외국어였던 일어의 기억을 살려 유학을 가기로 마음먹고 일어 공부를 다시 시작했다. 경쟁률이 높기 때문에 퇴근 후 밤늦게까지 일본어와 씨름했다. 주말도 명절도 달력에서 지웠다. 항상 머리맡에 일어 MP3를 틀어놓고 잤다. 휴일 아침이면 아들이 매트리스에서 펄쩍펄쩍 뛰며 나들이하자고 보채도 애써 외면하며 공부에만 매달렸던 세월이었다.

간절하면 이루어진다고 했던가! 몇 년간 참고 견딘 보상인지 결국 시험에 합격하고 꿈에 그리던 유학을 떠나게 되었다.

일본 어디로 갈까 고민하다가 옛 수도인 교토를 택했다. 아이들과의 생활을 위해서는 도쿄 같은 대도시가 좋을 것 같았지만 결국 교토를 뿌리칠 수가 없었다. 이왕 일본에서 생활하는 거 한국의 경주라 불리는 전통 도시에서 일본을 깊이 체험하고 싶었다.

아내와 함께하지 못한 것이 조금 아쉬웠지만, 육아와 직장을 병립해 온 아내에게 특별 휴가 준다고 스스로 위안 삼았다. 아빠와 유학 간다는 기쁨에 아들은 공항에서부터 설레했다. 오사카 국제공항에 내려 공항택시를 타고 밤늦게야 교토에 도착했다. 이튿날부터는 인근 마트와 상점을 돌아다니며 필요한 생활용품을 사는 데 여념이 없었다.

일주일 후 아들과 함께 구청에서 배정해 준 소학교를 찾아갔다. 곧바로 반을 배정받고 담임에게 잘 부탁한다며 몇 번이고 고개를 조아렸다. 아빠로서 첫 역할을 수행하고 가벼운 마음으로 아들이 좋아하는 초밥을 사다 놓고 기다렸다.

삐거덕~!

현관문이 열리고 온갖 시름에 젖은 아들이 들어왔다. 귀엽고

발랄하던 모습은 온데간데없었다. 이제까지 보지 못했던 아들 표정에 불안감이 엄습했다.

"왜? 일본 애들이 괴롭혀?"

깜짝 놀라 물었지만 대답이 없었다. 몇 번을 물어도 마찬가지였다. 모르는 언어, 낯선 아이들, 갑자기 바뀐 환경에 꽤나 스트레스를 받았던 모양이었다. 대답 없는 아들이 답답해 계속 다그치자 결국 울음을 터트렸다. 자기 방에서 울다 지쳐 잠든 아들, 그날 난 뜬눈으로 밤을 지새웠다.

아들 소학교 정문

다음 날, 아들과 함께 등교했다. 선생님을 만나 상담하고 학교 적응을 위한 방법을 문의했다. 즐거움 가득했던 일주일간의 행복은 한순간에 사라지고 혹독한 유학 적응기가 시작되었다.

선생님의 허락으로 당분간은 오전 수업만 받도록 했고, 한국 유학생 서포터도 지원받았다. 그래도 아들은 쉽게 적응하지 못했다. 그동안 엄마 그늘에서 편히 지낸 탓이었으리라. 억지로 등교하고 어두운 표정으로 돌아오고, 훌쩍이며 잠드는 날이 반복되었다.

머나먼 타국이라 누구 하나 붙잡고 속 편히 물어볼 사람이 없었다. 유일한 희망인 아내와 통화하며 답답한 마음을 풀었지만 바다 건너 아내는 한걸음에 달려올 리 만무했다. 초보 아빠는 그저 깊은 한숨만 내쉴 뿐이었다.

아들이 안쓰러워 한국으로 돌려보낼까 고민했지만 도저히 그럴 수는 없었다. 아빠와 유학 간다는 기쁨에 들떠있던 아들, 그 희망이 피어나기도 전에 패배감을 안겨줄 수는 없었다. 쉽게 포기하는 것을 보여주고 싶지도 않았고, 아들이 떠난 빈자리를 감당할 수도 없을 것 같았다.

마지막 방법으로 선생님께 수업을 같이 받게 해 달라고 부탁했다. 다행히 허락받아 아들 옆에서 수업 내용을 더듬더듬 동시통역해 주며 학교생활을 함께 해나갔다. 한국에서 아내가 부탁해도 그토록 가기 싫어했던 학교를 일본에서 원 없이 다니게 되었다.

소학교 주간 시간표

소학교 야들 공책

소학교 참관 수업(담임과 야들)

아들이 일본 학교에 빨리 적응하게 만들기 위해 모든 방법을 총동원했다. 요리는 기본이고, 준비물 챙기기, 참관 수업과 체육행사는 당연히 빠짐없이 참여했다. 어찌하면 아들이 잘 적응할까를 고민하며 난 그렇게 점점 진짜 아빠가 되어갔다.

환경에 민감하면서도 결국 적응하는 게 인간이 아니던가. 아들은 아픔을 겪으면서 일본 생활에 점점 익숙해져 갔다. 편의점에서 못 알아듣는 일어를 아들이 통역해 주며 대학교는 매일 수업이 없으니 일어가 늘겠냐며 나를 놀리기까지 했다.

교토 유학은 평범했던 우리 가족에게 커다란 전환점이 되었다. 아들은 어린 나이에 감당하기 힘든 아픔을 견뎌내고 낯선 환경에 적응하며 인생에서 큰 경험을 얻었다.

난 진정한 아빠로 거듭났다.

소학교 운동회

과하면 독

오백 원과 오백 엔

'오백 엔'에 대한 강렬한 추억 두 가지가 있다. 오백 엔은 흡사 우리나라 오백 원과 비슷하게 생겼다. 얼핏 보면 착각할 정도이다. 하지만 일본 엔화는 원화의 10배 정도이므로 오천 원이라는 거금 이다.

교토 보통열차와 교토 특급열차

　첫 번째 추억은 기차에서다. 내가 사는 맨션은 니죠 역 근처이고 니죠 역은 교토 역에서 4km 정도로 비교적 가까운 거리에 위치해 있다. 일본 기차는 역마다 정차하는 보통열차가 있고, 우리나라의 SRT나 KTX에 해당하는 특급열차가 있다. 교토 시내를 이동할 때는 당연히 보통열차를 타는데 비용은 190엔 정도이다. 특급열차는 거리마다 가격이 책정되고 비교적 비싼 요금인데 니죠 역은 주요 역이다보니 교토 역과 가깝지만 특급열차도 정차를 한다.

　그 열차를 타고 만 것이다.

　니죠 역에서 교토 역에 가려고 보통열차를 기다리다 무심코 정차한 특급열차에 생각도 없이 타게 되었다. 스마트폰을 만지작거리다 도착한 열차에 나도 모르게 올라탔고 타는 순간 여느 때와는 다른 기차 안 풍경에 '앗, 잘못 탔구나.' 짧은 탄식을 내지르고 말았다.

그런 경우가 처음이다 보니 혹시나 하는 기대감이 있었지만, 여지없이 승무원이 다가와 비용을 청구했다. 그 비용이 500엔이고, 교토 역까지 가장 비싼 교통비를 낸 날로 기억되었다.

이네쵸행 시외버스

두 번째 추억은 버스에서다. 귀찮은 내 성격 탓이 사건의 발단이었다. 일본은 아직도 현금 위주의 생활이 필요한 나라이다. 식당, 교통, 편의점, 마트, 대부분의 일상 공간에서 현금이 오간다.

교토를 돌아다니다 보면 동전이 필요한 경우가 생기는데 바로 버스를 탈 때이다. 일본 버스는 뒤로 타고 앞으로 내린다. 즉 내릴 때 운전사 옆에 있는 동전함에 버스비를 넣고 내리는 구조이다. 교토 시내는 어디를 가나 동일 요금(230엔)을 내면 되고 시외지역은 거리에 따라 요금을 다르게 책정한다.

집을 나설 때면 언제나 동전 지갑을 챙겼다. 쌓여가는 동전, 두꺼워지는 지갑, 그래도 동전이 필요하기에 어쩔 수 없었다. 버스비는 1,000엔과 동전만 가능하기에 항상 동전을 휴대해야 마음이 편해진다. 동전함에는 잔돈을 준비하라는 안내판마저 붙어 있어 동전은 교토 생활의 필수품이었다.

일본에서 사용한 교통카드

결국 난 귀찮음을 견디지 못하고 이코카(ICOCA)라는 교통카드를 발급받았다. 일종의 현금카드처럼 일정 금액을 입금해 놓으면 교통비를 카드로 지급할 수 있다. 내릴 때 동전함에 카드만 갖다 대면 간단히 처리되기에 더없이 편했다.

사건이 벌어진 것은 여름 방학을 이용해 교토 북부지역을 여행할 때였다. 일본 3대 절경의 하나인 아마노하시다테(天橋立)를 구경하고 인근 호텔에서 1박을 한 후 다음 날 수상 가옥으로 유명한 후나야(船屋)를 구경하는 일정이었다.

다음 날 일찍 시외버스를 타고 후나야로 향했다. 버스는 거리별로 요금을 계산하는 시외버스였고, 당연히 교통카드는 안 되고 현금만 받는 버스였다.

일본 시외버스 정리권(구간요금제)

돌아오는 길, 지갑에 동전이 없다는 사실을 도착 10분 전에야 인지하고 말았다. 깜짝 놀라 지갑을 뒤져보니 교통카드와 만 엔짜리 지폐만 있었다. 버스 앞 전광판에는 거리별로 차비가 올라가는 화면이 비추고 있었고 난 점점 초조해졌다. 내릴 때 버스 요금을 지불할 그 어떤 방법도 없었기 때문이었다.

결국, 운전사에게 다가가 사정을 얘기했다. 잠시 생각하던 운전사는 정류장에 도착하면 인근 편의점에서 바꿔서 내라고 했다. 방법은 찾았지만 마음은 불안하고 초조했다. 지폐를 바꾸는 시간만큼 다른 승객들에게 불편을 끼쳐야 했기 때문이다.

초조한 내 마음을 알아챘나, 할머니 한 분이 내게 말을 걸었다. 천 엔짜리 열 장이 있다며 바꿔준다는 것이었다. 연신 고맙다고 고개를 몇 번이고 수그리며 돈을 바꾸었다. 정류장에 도착해 천 엔짜리를 동전함에 넣고 거스름돈을 받은 후 내릴 수 있었다.

할머니도 그 정류장에서 내렸다. 거기서 멈춰야만 했다. 고마움을 표시하고 싶은 마음에 본능적인 행동을 하고 만 것이다. 할머니에게 다가가 거스름돈으로 받았던 동전 중에 오백 엔을 꺼내들고 할머니에게 건네며 말했다.

"너무 고마웠어요. 이걸로 맛있는 거라도…"

할머니는 얼굴이 굳어지더니 말했다.

"아뇨. 내가 왜 그 돈을 받아요?"

약간 화가 섞인 말투로 대답하더니 휙 하니 몸을 돌려 갈 길을 가기 시작했다. 당연히 고맙게 받을 거라고 생각한 내 머릿속에 커다란 반향이 일었다. 정당하게 돈을 바꿔준 것에 불과한데 자신에게 돈을 주는 이방인이 사뭇 못마땅했을 것이다. 거지도 아닐진데.

마음을 열면 마음이 들어온다

∗
∗

"It's crowd."

이 쉬운 단어를 모를 줄이야. 영어단어와 얽힌 창피한 추억은 오랜 시간을 두고 나를 괴롭혔다. 사건이 일어난 것은 한국에서 대학 시절 수업을 마치고 버스를 타고 자취방에 돌아가는 길이었다. 사람들이 꽉 차 있는 버스 안, 손잡이를 잡고 흔들리다가 부딪히는 옆 사람을 힐긋 보니 미국인이었다.

"There are many people."

망설이고 망설이다 발음을 한껏 굴려 정확한 문법을 구사하며 영어를 뽐내었다. 중·고 6년간 갈고닦은 영어 실력, 이 정도의 단어와 발음은 대학생으로서 할 줄 알아야지, 으쓱대며 말을 건 게 화근이었다.

그의 맞장구가 나를 멘붕에 빠트렸다. 'Yes'라는 대답만 예상

했는데, 갑자기 훅 들어온 낯선 발음에 당황한 것이다. 뭔 말인지 몰라 어물쩍거리는 나를 지켜보던 그는 내 귀에 대고 천천히 말했다.

"크~ 라~ 우~ 드~(Crowd)"

도시샤대학 입학식

그 이방인은 말을 건 내가 반가웠을 것이다. 정확한 단어, 문법, 발음으로 말을 걸었으니 당연히 내가 영어를 잘하리라 판단했을 것이다. 유창한 그들만의 억양과 발음으로 돌아온 건 피할 수 없는 결과였다. 처음 들어 본 현지어에 당황해 안절부절못하던 그날의 내 표정은 아직도 내 머리를 좌우로 흔들게 만들고 있다.

"안녕하세요. 김입니다. (すみませんが、キムと申します)"

수업을 같이 들으면서 항상 옆자리에 앉는 일본인에게 뭔 말이라도 해야 할 것 같았다. 지극히 서투른 발음이지만 유학 생활을 시작하며 대학 강의실에서 정식으로 처음 말을 건 날이었다.

교토 도시샤대학원에 입학하고 20대의 낭만적인 대학 시절을 꿈꾸었다. 첫 수업 시간부터 내 꿈은 처절히 깨져버렸다. 강의실에는 나이가 지긋한 분들만 보였고, 대학교를 졸업하고 올라 온 학생은 한두 명에 불과했다.

외국에서 2년을 함께할 동기들, 수업 시간 틈틈이 흘러나오는 그들의 정보를 노트에 적으며 신상을 파악했다. 지자체 공무원, 와카야마 시의원, 시민단체 직원, 교토 시민 등 다양한 사람들의 집합이었다. 수업 시간이 다 돼서야 한두 명씩 들어오는 그들, 가벼운 목례를 하며 어색한 만남을 시작했다.

서로 이방인인 우리들은 잔뜩 긴장하며 극도로 낯을 가렸다. 내 입장에서 말을 건다는 건 대단한 용기였다. 왜냐하면 되돌아올 말을 어떻게 받아치고 이어갈지가 걱정이었기 때문이었다. 그들은 내가 어느 정도 일본어를 한다고 생각하고 그들의 언어 속도와 말투로 대답할 것이 틀림없었다.

토후쿠지(츠텐교) 단풍

교토에서 나를 찾다

"교토에서 어디가 단풍이 아름답나요? (京都で紅葉が良いところは
どこですか。)"

가벼운 일상 주제를 택했다. 어설픈 외국인답게 최대한 서툰
발음으로 물었다. 타카하시 상은 교토 남부 쪽에 사는 나이가 지
긋한 평범한 교토시민이었다. 사회복지에 관심을 갖고 대학에 들
어왔다고 했다. 그는 구글맵을 열심히 찾으며 단풍으로 유명한 토
호쿠지(東福寺)를 추천해 주었다. 내가 알아듣기 쉽게 천천히 또박
또박 발음하며 설명해 주었다.

주말에 토호쿠지에 다녀온 난 다음번 수업에서 그와 더 많은
대화를 나누었다. 다음 수업부터는 그렇게 하자고 약속하지도 않
았는데 우리는 수업 시간보다 한참이나 일찍 도착해 안부 인사로
시작해 많은 이야기를 나누었다. 현지인들만 아는 숨은 비경, 맛집
을 물어보면서 나는 교토에 관심을 보였고, 그는 기꺼이 많은 정
보를 나에게 주기 위해 노력했다.

수업 시간에 이해 못 하는 내용은 수업 후 그에게 물어보기도
했다. 그는 다음 수업 시간에 많은 자료를 가지고 와서는 슬며시
내밀며 참고하라고 했다. 다른 수업 내용 시간에 나왔던 테마들도
그에게 물어보며 낯선 외국 대학의 어려움을 극복해 나갔다.

현장 수업을 가서도, 기말 보고서를 제출할 때도 그는 나의 훌
륭한 일본어 스승이었다. 다른 수업 현지 기관 방문 시에도 관계

자를 소개해 주며 적극적인 지원을 아끼지 않았다.

졸업이 다가왔다. 그는 시간을 내 달라더니 나를 고급 일식당에 데려갔다. 사케 한잔을 기울이며 우리는 마지막 만찬을 즐겼다. 덕분에 무사히 유학 생활을 마칠 수 있었다며 나는 타카하시 상에게 몇 번이고 감사의 인사를 건넸다. 그는 나에게 메일주소를 알려주며 한국에 돌아가서도 연락을 이어가자고 말했다.

돌아오는 길, 그와의 인연을 곱씹어 보았다. 언어가 서툴다는 이유로 말을 걸지 않았으면 어떻게 됐을까!

나는 그에게 마음을 열었고, 그가 들어왔다. 그게 다였다.

도시샤대학 대학원 강의동(시코칸)

신호적 거리 두기

시간이 멈춰진 기분이었다.

'워얼화와수우목금툴'이라 했던가! 월요일부터 그리 더디 가던 한 주가 금요일부터는 빨라지고 주말은 언제나 후딱 지나갔다. 그렇게 매주 고질적인 월요병을 겪으며 365일을 반복하던 시절이었다.

숨 막히듯 멈추지 않고 돌아가던 내 시곗바늘이 멈춰버렸다. 교토 유학은 내 생체 리듬을 확 바꿔 버렸다. 그동안 조금씩 변화된 환경에 적응하며 살아왔지만 이번에는 달랐다. 언어, 제도, 사람, 모든 게 새로웠다. 적응 속도가 더뎠지만 그리 급할 것 없었기에 피상적인 차이도, 의식적인 차이도 그저 신기한 양 느끼고 즐겼다.

'교통 문화'

이 테마에 가장 많은 고민을 했다. 간접적으로 듣기만 했던 것을 직접 체험하니 놀랍기도 했고 부럽기도 했다.

뚜벅이 생활을 했기에 더 실감했다. 한국에서는 주머니에 차키가 없는 날이 없었지만 일본에서는 달랐다. 가난한 유학생이었기에 차 살 엄두를 못 냈다. 약해빠진 다리근육을 위해서라는 핑계를 대며 차 없이 살아보기로 작정했다.

걸어 다닐 때면 나도 모르게 차에 대한 양보 의식을 발휘했다. 운전할 때와는 반대로 '을' 입장에 처했기 때문이었다. 걷다 보면 차와 마주치는 경우가 많았다. 신호가 있으면 상관없지만, 없는 곳에서나 우회전 지역에서는 차를 만나면 당연히 멈춰 섰다. 몸에 밴 '갑'에 대한 예의였다.

습관화된 방법은 이랬다.

우선, 운전자를 보지 않고 눈을 아래로 내리깔고 먼저 가라는 듯 가만히 서 있으면 된다. 한국이라면 차는 당연히 쌩하고 지나가기 마련인데, 교토에서는 이상한 일이 벌어졌다. 멈춰 기다리면 차도 움직이지 않고 가만히 서 있는 것이었다. 물론 계속 기다리면 차는 결국 지나간다.

몇 번 이런 일을 겪다가 이상해서 운전자를 쳐다보았다. 아! 그들은 나에게 먼저 가라고 손짓을 하고 있었다. 그것도 가벼운 목례를 덧붙여서 말이다. 처음에는 적응이 되지 않아 먼저 가라고 양보하다가 언제부턴가 가볍게 인사하고 내가 먼저 갔다. 그게 시간도 안 끌고 속 편했기 때문이었다.

교토에서는 경음기 소리도 드물었다. 심지어는 없는 게 아닌가 의심할 정도였다. 교토는 대부분 전기 자동차가 많아 소음이 적은 탓에 눈치채지 못하고 좁은 골목에서 한참을 걷다 뒤돌아보면 자동차가 있곤 했다. 내가 놀랄까 봐 경음기도 누르지 않고 줄곧 따라온 것이었다.

교토 버스

「扉が開くまでその場でお待ちください。」

언젠가 버스에서 내려 걷고 있는데 아들이 유창하게 일어를 하는 것이다. 버스를 많이 타다 보니 아들이 자신도 모르게 외운 안내방송 멘트였다.

우리말로 번역하면「문이 열릴 때까지 그 자리에서 기다려 주세요.」이다. 교토 버스는 수시로 안내방송을 하는데 처음에는 생각 없이 듣다가 번역해 보니 의미가 깊은 말이었다.

교토 버스 운전사는 마이크를 끼고 수시로 손님들에게 방송을 한다. 도착지 정보나 차 안 질서 유지 등을 안내하고, 간이 정류소에 도착하면 사람들이 타기 쉽게 승하차 쪽으로 버스를 기울인다. 그리고 나서 문이 열린다.

즉, '버스가 멈추면 일어나세요.'가 아니라 '버스가 멈추고 문이 열리면 그때 일어나세요.'라는 뜻이다. 버스가 멈출 때 일어나면 승객의 몸이 앞으로 쏠릴 경우도 있다. 그러니 완전히 멈추고 문이 열린 후 안전할 때 비로소 천천히 내리라는 뜻인 것이다.

신호 지키는 자전거

　법규를 잘 지키는 교통 문화, 사람을 우선시하는 교통 의식이 부러웠다. 하지만 내가 느낀 가장 부러운 점은 그들의 여유로운 삶이었다. 차도 아닌 오토바이가 십자로 골목에서 나를 발견하고 멈춰 서는 것을 볼 때면, 충격적인 기분이었다.

　'출발 시 옆 차보다 빨리가기 위해 급출발을 한다. 신호가 바뀔 것 같으면 가속 페달을 밟는다. 차가 없으면 슬슬 눈치 보면서 건넌다. 추월 들어올 기색이면 앞차에 바싹 댄다.' 그간 내 운전 방식이었다.

　교토에 살면서 예전의 교통 의식을 전부 포맷해 버렸다. 대학교 때 운전면허를 따기 위해 공부했던 문제집에 있는 교통법규 그대로 돌아갔다. 보는 사람이 한 사람도 없어도, 몇 미터 안 되는 건널목에서도 신호를 지키는 교통 문화를 즐겼다.

여유는 품격이다! 이제 우리도 품격 있는 운전자가 될 자격이 충분하다. 지금부터 시작하면 된다.

보이지 않는 눈물

＊
＊

"아드님 졸업앨범입니다."

담임 선생님이 맨션을 방문한 것은 찬 기운이 여전히 쌀쌀하던 3월 소학교 졸업식 오후였다. 손에는 아들의 물건이 한가득 들려 있었다. 졸업식이 끝나자 학교를 떠나야 할 졸업생들의 짐들을 하나씩 정리한 모양이었다.

교토 소학교 졸업앨범

졸업까지는 기대하지도 않았다. 무사히 외국 생활을 마친 것만이라도 다행이라 생각했다. 아들은 5학년 후반에 유학을 와서 6학년을 전부 마치지 못하고 돌아갔다. 한국에서 중학교 입학을 준비해야 했기 때문이었다.

'3월 23일, 소학교 졸업식'

한국으로 돌아갔기에 졸업장도 없고 졸업식도 참석할 수 없었다. 그러나 졸업앨범은 남았다. 그동안 소학교에서 수업, 운동회, 수학여행, 단체사진 등 졸업앨범에 들어갈 장면들을 전부 찍었기에 소학교에서 졸업앨범에 넣기로 했다는 것이다.

며칠 후 소학교를 방문했다. 별생각 없이 들어갔다. 아들이 떠난 지도 몇 개월이 지났고, 그저 교장 선생님과 담임 선생님을 뵙고 감사의 인사만 전하고 오기로 마음먹었다.

"그동안 고마웠습니다. (ありがとうございました。お世話になりました。)"

이것으로 끝이라 생각했다. 그들은 아들이 남긴 물건이 몇 개 더 있다며 아들이 다니던 교실로 안내했다. 벽에 붙어있던 서예와 그림들이었다. 복도를 지나 교실 안으로 들어가는 순간, 당황하고 말았다. 조금씩 새어 나오더니 도저히 감당 안 될 정도로 얼굴을 적시는 눈물, 콧구멍에 힘까지 들어가며 울먹일 정도였다.

우메코지 공원에서 공놀이

　창피한 나머지 일부러 감사의 말을 반복하며 얼굴을 내렸지만 눈물은 멈추질 않았다. 그러나 그들은 아무런 내색도 하지 않았다.

　한동안 아들의 앨범을 들추질 못했다. 그곳에는 많은 것들이 담겨있다. 화분에 물 주기가 싫다며 투덜거리며 일찍 등교하던 부활동, 아들 혼자만 보내야 했던 1박 2일의 나고야 수학여행, 추운 날에도 반바지 체육복을 입는 게 이해 안 된다던 소학교 운동회, 아침마다 운동장을 돌며 자기 어깨를 툭 치더라는 같은 반 친구들.

졸업앨범을 받은 다음 날, 나는 교토 역 근처 우메코지 공원을 찾았다. 아들과 자주 축구하던 장소였다. 잔디밭이 넓게 조성되어 있어 축구하기에 더없이 좋은 곳, 공을 차던 아들의 모습은 꺼내지 않아도 자연스레 어른거렸다.

아픔을 참았다. 내 눈물을 보며 끝까지 참아준 그들처럼.

아들 물건들

졸업앨범 사진

에피소드 3

교토에서 배우다

n분의 엔

내 여행관은 단조롭다. 동행을 논한다면 친구와 가거나 아니면 가족과 가는 정도이다. 모르는 사람들과의 여행, 그런 여행은 절대로 하고 싶지 않다. 힐링해야 하는 여행에서까지 귀찮은 대인관계로 피곤해지고 싶지 않기 때문이다.

교토 지인들과 함께

교토 맨션 옆에는 야키토리(꼬치구이) 이자카야가 있었다. 가끔 혼자 들러 맥주 한잔하다 보니 단골들과 자연스레 친해졌다. 잦은 만남으로 인해 어느덧 친밀감이 더해지고 방심한 틈을 타 그들은 나에게 온천여행을 같이 가자고 제안했다. 당연히 이런저런 핑계로 거절했다. 말도 제대로 통하지 않는 외국인들과 함께 가는 단체여행, 결코 내 취향이 아니었다.

1박 2일 겨울 온천여행을 결국 수락하고 말았다. 일본 3대 온천 중 하나인 와카야마 현 '시라하마'에 한번 가 보고도 싶었고, 유학 생활 중 한 번쯤은 현지인들과 여행해 보고도 싶은 욕망에 내 단조로운 여행관을 잠시 접어 두었다.

교토인들과 겨울여행 출발

외국인과, 그것도 일본인과 처음 하는 여행, 걱정 반 설렘 반이었다. 교토에서 시라하마 역까지는 기차여행이었다. 역에 내려 첫 방문지인 수산물 시장까지는 택시를 탔다. 나까지 6명이라 두 대를 잡았다. 목적지에 도착하자 총무를 맡은 사람이 택시비를 한꺼번에 내고는 개인당 860엔씩 달라고 했다. 잔돈이 없어 1,000엔을 주고 거스름돈은 필요 없다고 선심 쓰는 척했다.

별생각 없이 그랬다. 한 사람이 내거나 굳이 나누더라도 거스름돈 같은 건 받을 생각도 줄 생각도 안 했던 그간의 습관 때문이었다.

요코하마 수산물 시장(토레토레 시장)

총무는 잔돈을 하나둘 세어가며 정확히 계산해 돌려주었다. 점심 먹으러 간 식당에서도 그랬다. 저녁 식사도, 다음날 수족관 관람비도 마찬가지였다. 그들은 언제나 n분의 1이었고, 1엔까지 꼼꼼히 챙겨줬다. 안 받아도 된다고 그렇게 말해도 기어코 내 손바닥을 벌려 꼭 쥐여 주었다. 참 융통성 없는 국민이라 생각했다. 웬만한 정도는 그냥 넘어가는 우리나라가 백번 낫다고 은근히 자부했다.

내 인생 처음이자 마지막이었던 일본인들과의 여행, 주머니에 동전이 두둑이 쌓였던 묵직한 여행으로 기억된다.

와카야마 해변가에서

아들을 소학교에 보내고도 마찬가지 경험을 했다. 간혹 학교에 가면 담임은 교재비, 졸업앨범비 등을 청구했다. 미처 잔돈을 준비해 가지 못했을 때는, 여지없이 거스름돈은 안 줘도 된다는 말이 나왔다. 선생님은 손사래를 치며 나를 불러 세우고 1엔짜리까지 꼭 되돌려 주었다.

엄격하고 철저한 일본인이라는 건 알았기에 어느 정도 예상을 했지만 직접 체험하니 놀랍기보다는 적응이 안 됐다. 우리 돈으로 치면 몇십 원까지도 꼭 돌려주는 게 조금은 답답해 보였다. 그때만 해도 철두철미한 일본인 습성 때문이라고만 생각했다.

그러다 일본인 지인과 술 한잔하면서 따지듯이 물었다.

"일본인은 계산이 철저하네요. 좋기도 하지만 너무 까다롭지 않나요?"

그는 나를 이해시키려 애썼다. 돈에 철저해서라기보다 남에게 뭔가를 받으면 불편하다는 것이었다. 아예 안 받거나, 받더라도 받은 만큼 돌려줘야 마음이 편하다고 했다.

집에 돌아와 그간 내 삶을 되돌아봤다. 밥을 사든, 선물을 주든, 상대방은 당연히 좋아할 거라고만 생각했다. 문득 그렇지만은 않을 거란 생각의 틈이 생겼다.

1엔으로 기부 천사가 되는 법

＊
＊

인생은 공평하다. 언젠가는 해야 할 일을 하게 만든다. 아들이 소학교에 적응 못 하던 유학 초기, 일어를 못 하는 아들을 위해 수업을 같이 받으며 통역해 줄 수밖에 없었다. 한국에서라면 아내에게 맡기고 절대로 가지 않았던 학교를 결국 일본에서 고스란히 다니게 된 것이다.

소학교 집단등교에 억지로 참여하는 아들

아들 소학교 수업 장면

아침 등교부터 힘들었다. 일본은 동네에서 그룹별로 아침에 모여서 집단등교를 한다. 우리 맨션도 1층 로비에서 소학교 학생들이 전부 집합해 등교했다. 맨션에서 학교까지는 1km도 안 되는 거리였기에 이런 걸 왜 하나 투덜거리면서도 어쩔 수 없이 우리도 합류할 수밖에 없었다.

아들 반은 3층에 있었고 복도를 따라 학년별로 3개 반이 있었다. 학교, 학생, 선생, 교실, 칠판, 운동장 그 모든 것이 초등학생 시절을 회상하기에 충분할 정도로 비슷했다.

쉬는 시간에 교내를 둘러보며 향수를 느끼는데, 복도 한쪽 끝에 스티커를 모으는 수거함에 눈길이 머물렀다. 종이컵 같은 통에 벨(종)이 그려져 있는 스티커들이 넣어져 있었다. 가끔은 아이들이 그곳에 스티커를 넣는 것을 보기도 했다.

정체가 하도 궁금해서 담임 선생님에게 여쭤봤지만, 어설픈 일어 실력에 알아듣지 못하고 귀찮아서 알아들은 체하며 슬쩍 넘어가 버렸다.

소학교 복도에 있는 벨마크 함

벨마크 스티커

소학교에서는 많은 통지문이 학부모에게 온다. 우편으로 오기도 하고 학생이 직접 들고 오기도 한다. 그 수수께끼가 풀린 것은 어느 날 날아 온 학교 통지문 덕분이었다.

'벨마크 운동'이라 하고, 학교 등 교육시설에 교육환경 정비, 산간벽지 학교지원, 개도국의 교육지원 등을 위한 운동의 일환이었다. 상품을 판매하는 회사들이 상품 포장지에 벨마크를 새겨 판매하고, 그 물건을 산 아이들이 벨마크를 오려서 학교에 가져오면 학교별로 모아서 '공익재단법인'에 보내 벨마크 한 개에 1엔씩 적립하여 지원해 주는 제도이다.

시초는 1960년 아사히신문사가 80주년 기념사업으로 시작한 것이 오늘날까지 이어지고 있다. 유학 당시 기준으로 총 27,000개 학교가 참가했으며, 협찬사는 60개사 정도라고 한다. 누적 합계로 1,200만 점을 넘은 학교가 11개 정도나 있는데 그중 소학교가 9개나 되는 걸 보면 아이들의 참여율이 꽤 높은 편이다.

고사리 같은 손으로 오려서 가져온 벨은 단순한 1엔짜리 벨이 아니었다. 남을 도와주려는 순수한 마음, 바로 그것이었다.

달인일까 아닐까!

‘생활의 달인’이라는 TV 프로그램이 있다. 어느 한 분야에서 뛰어난 능력을 발휘하는 장인을 섭외해 촬영하는 프로그램이다. 일반인이 보면 ‘와! 잘한다.’라며 감탄하기에 충분할 정도로 그들의 솜씨는 대단하기 그지없다.

일반인과는 다르게 달인에게는 오래된 경력이 붙는다. 즉 한 분야에 오래되면 오래될수록 누구나 다 달인이 될 수밖에 없는 것이다. 같은 일을 무한 반복하기 때문이다.

그러나 달인이 되려면 반복만으로는 안 된다. 달인이 그들과 다른 점은 경력은 기본적으로 갖추고 그 위에 연구라는 고민의 흔적을 남겼기 때문이다. 어떻게 하면 쉽고 빨리 효율적으로 일할까를 수없이 고민한 결과이다.

그래서인지 달인들에게 나타나는 두 가지 특징이 있다. ‘청결’

과 '정리'이다. 그들의 손동작, 몸동작 등 움직임은 매우 간결하기에 그들 주변은 항상 깨끗하다. 옛말에 일 못하는 사람의 작업복이 더럽다는 말이 있다. 우왕좌왕 일하므로 더러워질 수밖에 없다. 달인들은 간결한 움직임으로 일하기 때문에 복장도 깨끗이 유지된다.

또한 그들의 움직임에는 항상 규칙성이 있어서 주변의 공구나 물건들은 잘 정리정돈 되어 있다. 공구들이 제자리에 놓여있어야만 반복적인 작업이 가능하다. 정리 상태를 보면 '생활의 달인'인지 가늠할 수 있는 것이다.

교토를 걷다 보면 공사 현장을 자주 목격한다. 큰 건물공사도 있지만 대개는 골목길마다 작은 공사들이 많다. 그곳을 지날 때마다 눈에 띄는 것이 있다.

하나는 반드시 공사 현장에는 사람을 배치해 지나가는 사람의 안전을 지켜준다는 것이다. 교토의 골목은 좁기 때문에 일방통행길이 많다. 그런 곳에서의 공사는 통행에 지장을 주기 때문에 항상 공사 안내문을 설치하고 안내하는 사람을 배치한다.

또 하나는 공사 현장이 청결하고 정리정돈이 잘 되어 있다는 것이다. 공구 정리나 뒷정리는 기본이다. 심지어는 더러워도 인정해 줄 만한 레미콘도 깨끗할 정도이다.

그들의 특징을 보면 달인의 특징과 매우 흡사하다. 그럼 그들이 '달인'일까? 궁금했다. 그러나 그들을 결코 달인이라 부를 수 없는 또 하나의 특징이 있다.

나를 답답하게 만드는 것, 바로 속도이다. 계속되는 공사, 오랜 기다림, 그들은 느려도 너무 느리다.

교토 골목길 공사현장 안전요원

잠시 꺼 두세요 ＊ ＊

온통 핸드폰이다. 눈은 핸드폰을 벗어나질 않는다. 핸드폰이 시야를 점령한 지 이미 오래다. 공공장소, 식당, 심지어 회사에서도 핸드폰, 앉아서도 걸으면서도 핸드폰에서 눈을 떼지 않는다.

몸이 아파 찾아간 병원 응접실에서 접수처에 앉아 있던 직원, 버젓이 핸드폰으로 통화하고 있었다. 환자가 와도 핸드폰은 그녀의 손에 들려 있었다. 다른 한 손으로 앞에 종이를 손가락질하며 적으라는 시늉을 했다.

동사무소 민원실에서도 그랬다. 민원서류를 발급해 주다가도 핸드폰이 울리면 스스럼없이 통화를 했다. 버스 운전사는 이어폰을 귀에 꽂고 욕지거리를 섞어가며 운전 내내 통화했다. 편의점 알바는 손님이 들어와도 핸드폰 게임을 하며 인사도 없었다.

식당 앞 개점과 폐점 시간 안내는 디자인 문구가 되어버린 지 오래다. 주인 마음대로, 아무 때나 열고 아무 때나 닫는다. 주방장은 사람이 없으면 손님 식탁에 앉아 한 손에는 파리채를 쥐고 TV 시청을 한다. 맨발을 손으로 주물럭거리기까지 한다.

손님이 와도 제대로 인사도 안 하고, 불러야 겨우 와서 주문을 받는다. 부르는 호칭도 '여기요, 언니, 이모' 가지각색이다. 어린 손님이거나 여자이면 반말을 섞어 함부로 말한다. 주문을 받다가도 다른 테이블 손님이 부르면 대답하고 그쪽으로 간다.

고급 한식집도 마찬가지이다. 동네 할머니처럼 보이는 분이 식탁 밀대에 반찬을 가득 싣고 들어온다. 접시 위에 접시가 쌓여있고, 유리 탁자가 탁탁 울리도록 접시를 내려놓는다. 식탁 먼 곳은 손님에게 건네라고 눈짓을 보낸다.

서글프다. 선진국에 들어선 우리나라가 이런 문화가 허용된다는 사실이. 일본을 칭찬하고 싶지 않지만 내가 살아 본 교토는 조금 달랐다.

식당에는 우리나라보다 많은 종업원이 고용된 것이 특징이다. 종업원들은 정중히 인사하며 손님을 받고 할 일이 없어도 한쪽 구석에 반듯이 서서 손님을 지켜보며 대기한다. 음식이나 반찬을 얌전히 놓고 난해한 음식은 설명도 해 준다.

종업원이 핸드폰을 만지작거리는 걸 본 적이 없다. 심지어 회사원들은 출근하며 사물함에 핸드폰을 넣고 퇴근할 때 꺼낸다고 한다. 부모도 되도록 근무시간에는 핸드폰으로 전화하지 않는다.

왠지 부러워 보였다. 각자가 맡은 자리에서 프로 의식을 가지고 일하는 듯 보였다. 비교되어 그런지 마음 한구석이 씁쓸했다. 나도 그들 중 하나라는 사실에 더욱 부끄러움이 사무친다.

교토 지인과 단골 이자카야에서

교토 식당 입구

교토에서 배우다

까마귀 날자 그물 떨어진다

*
*

까마귀는 왠지 음산한 이미지가 강하다. 예로부터 그 울음소리와 검은색이 주는 인상이 강해서 죽음을 상징하는 새로 알려져 있기 때문이다.

동네 어귀에 있는 나무에 까마귀가 날아와 울면 흉사가 생긴다고 믿었는데, 사실 이것은 까마귀의 후각 기능이 강해서라고 한다. 옛날에 죽음에 이를 만한 중환자가 있으면 음식을 차려놓고 굿을 했는데 그 음식 냄새를 맡고 까마귀가 왔던 것이다. 묘지에 까마귀가 많은 것도 묘지에 놓고 간 음식 때문이다.

또한, 까마귀는 사람들이 재배한 작물들을 쪼아 먹는다고 싫어하지만, 곡식은 참새들이 더 많이 쪼아 먹고, 까마귀는 곡식 외에도 쥐나 뱀 같은 해로운 동물을 더 많이 잡아먹는다고 한다.

까마귀 그물(교토 맨션 앞 도로 풍경)

　이렇게 조금은 억울하게 나쁜 이미지의 상징이 된 까마귀를 일본에서는 원 없이 보게 되었다. 한국은 새벽에 수탉이 울듯 일본에서는 까마귀 울음소리로 아침을 시작한다.

　또한 시도 때도 없이 머리 위를 휙 지나가기도 하고, 가끔은 바로 옆에서 뭔가 먹을거리를 찾기 위해 부리로 땅바닥을 뒤적이는 까마귀를 보기도 한다.

　일본에서는 쓰레기 버리는 일이 상당히 귀찮다. 한국에서는 아무 때나 쓰레기 분리수거함에 갖다 놓으면 되지만 일본은 쓰레기 종류별로 수거일이 다르기 때문에 음식물 찌꺼기의 경우는 그 날짜를 놓치면 음식물이 썩을 수도 있고 냄새가 나므로 매우 피곤하다.

쓰레기 버리기와 더불어 더욱더 귀찮게 하는 것이 까마귀의 음식물 습격이다. 그물을 쳐놓지 않으면 무지막지한 부리로 쓰레기봉투를 죄다 풀어헤쳐 버리기 때문이다.

교토 시내를 걷다 보면 쓰레기봉투 위로 그물이 덮여 있는 것을 자주 보게 된다. 쓰레기 버리는 날이 아닌 경우는 그물을 거둬 전봇대에 걸어 놓거나 함에 넣어둔다. 환경미화원은 그물을 걷어 올리고 쓰레기봉투를 수거하고 그물을 정리해 놓는 수고를 더해야 한다.

쓰레기를 버리고 그 위에 까마귀 방지용 그물을 일일이 덮는 일은 매우 귀찮은 일임이 틀림없지만, 그래도 일본인들은 그물 덮기를 빠트리지 않는다. 왜냐하면 그물을 안 씌웠을 때의 뒷감당은 더욱더 귀찮기 때문이다.

까마귀 그물(그물 덮으라는 안내문)

교토에서 과거를 보다

편지를 부쳐 보다

*
*

골목 초입마다 어김없이 보이는 반가운 물건이 있었다. '〒'자가 디자인된 교토 우체통이었다. 우체통에는 묘한 끌림이 있다. 교토 골목을 걷다 보면 곳곳에 쓰인 우체국 마크. 우리나라는 인터넷 발달로 어느덧 우체통은 외면받는 추억의 물건이 되었다.

교토 우체통

교토는 달랐다. 아직도 행정절차가 우편에 의해 처리되고, 아직도 연하장이 우편으로 오가고, 아직도 관혼상제를 우편으로 주고받고 있었다.

교토 맨션 우편함

교토에서 지인들에게 보낸 새해 연하장

교토에서 과거를 보다

교토에서 살다 보면 어쩔 수 없이 우체통 신세를 져야 한다. 집에 돌아올 때 가장 먼저 하는 일이 현관 옆 우편함을 열어보는 것이었다. 구청에서 요청한 일이 잊을 만하면 결과가 우편으로 배달 왔고, 각종 생활 요금도 우편으로 청구되었다. 우편함을 그냥 지나치기라도 하면 자꾸 뒤돌아보게 했다. 중요한 무언가를 두고 온 허전한 느낌이었다.

교토 유학 생활의 신기한 점 중 하나 꼽으라면 빠질 수 없는 것이 바로 타임머신 체험이다. 편지, 우체통, 공중전화, 자전거 등 아주 어렸을 적 체험했던 것을, 이젠 기억조차 가물가물한 것을 교토에서 다시 경험했기 때문이다. 그중 빼먹을 수 없는 우체통, 그 불룩한 배 속에 우리들 저마다의 이야기를 잔뜩 품고 있었다.

연말 일본 지인들에게 연하장을 보내기 위해 손글씨로 새해 인사말을 쓰고 품속에 고이 넣어 집 근처 빨간 우체통에 그 연하장들을 넣을 때의 기분은, 정말 타임머신을 타고 옛날로 돌아간 기분이었다.

하지만 과거로의 여행은 내 생각일 뿐, 그들 입장에서는 과거가 아니라 현재 진행형일 뿐이다.

교토 근대 우체국

교토 우체국 오습

교토 가정집 우편함

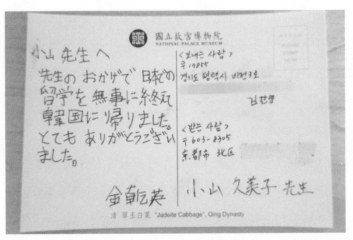

아들이 귀국 후 선생님께 쓴 편지

응답하라 1988

시대 발전에 따라 사라져간 것 중 또 하나, 공중전화를 빼놓을 수 없다. 이제는 '응답하라 1988'에서나 볼 수 있는 그리운 추억의 물건이 되었지만. 당시의 공중전화는 중요한 통신수단이었다. 공중전화 박스마다 줄 서 있는 사람들을 흔히 볼 수 있었고, 심지어는 통화를 너무 오래 한다고 다투다가 살인 사건이 일어나기도 했다.

'시간 다 됐어. 빨리 용건만 말해!'

한 번 통화하는 데 기본요금과 추가 요금이 붙었고, 최대한 시간을 조절하며 통전 투입구에 동전을 넣었다. 동전을 넣을 때마다 아까움 배인 다급한 목소리들이 새어 나오곤 했다.

그런 긴장감은 이제는 필요 없는 시대가 되었다. 손에 전화기를 가지고 다니며 언제 어디서든 시간과 장소의 제약 없이 통화를 할

교토에서 과거를 보다

수 있기 때문이다. 쓸데없는 통화가 많아진다는 단점도 생겼지만.

공중전화를 사용하던 시기에는 할 말을 미리 준비하고 통화를 했었다. 그렇지 않으면 동전을 더 넣어야 했기 때문이다. 지금은 용건이 있을 때만 전화하는 것이 아니라 아무 때나 거리낌 없이 통화 버튼을 누른다. 게다가 모르는 사람에게 걸려 오는 광고성 전화도, 보이스피싱 사기 전화도 대처해야 하는 번거로움도 생겼다.

교토 공중전화

언제부터가 사라져 버린 공중전화, 그 공중전화를 교토에서는 수없이 볼 수 있었다. 공중전화 박스 안에서 전화하는 사람을 발견하면 신기해서 한참을 쳐다보기도 했다.

자연스럽게 없어지는 물건들, 세월이 더디 가는 교토 덕분에 참으로 오랜만에 공중전화를 기웃거렸다. 망설이다 문을 연 전화박스, 마치 현재에서 과거로, 현실에서 이상으로 넘어가는 비밀의 문 같았다.

공중전화 수화기를 들고 한참을 망설이다 내 핸드폰 번호를 눌렀다. 동전 떨어지는 소리가 들리고 타임머신이 세팅되는 듯, 가슴은 쿵쾅거리기 시작했다.

볼품없지만 보고 싶어

＊＊

교토에서 가장 많이 간 곳을 꼽으라면 단연 '고쇼'이다. 도시샤 대학 바로 아래에 있는 고쇼는 옛날 일왕의 거주지이다. 학교 가는 길이면 항상 시간을 넉넉히 잡고 고쇼를 산책하며 지나갔다. 고쇼 주위는 거대한 공원을 조성해서 연중 무료로 시민들에게 개방하고 있다.

고쇼 입구와 산책하는 시민들

고쇼는 공원의 의미가 강해 '교엔'이라고도 부른다. 교엔은 온통 자연과 하나 된 공간이다. 오래된 나무들이 이끼와 함께 공생하고 풀밭은 사람들과 새들이 공존한다.

여기저기 상처투성이인 자연 속에서 초라한 나 자신을 맡기며 안락함을 한껏 맛보곤 했다.

교엔 나무숲 사이로 난 산책로

"자신이 아름답다고 생각하세요?"

'유니레버'라는 다국적기업이 아시아 10개국 2천여 명을 대상으로 설문조사를 하며 던진 질문이다. 한국은 자신이 아름답다고 생각하는 여성의 비율이 1%에 그쳤다. 결국, 아시아 10개국 중 10위를 차지했다.

외모에 관심 있는 건 인지상정이지만 유독 우리나라는 외모지상주의가 심하다. 얼굴, 키, 몸매, 옷, 화장 등 외모에 관심이 많다. 자신에게도 관심이 많을뿐더러 남들에게도 관심이 많다. 결국, 외모에 신경 쓰며 살아야 하는 분위기가 조성된다. 마치 '외모 등급제'가 있는 것처럼 외모 수준에 따라 사람을 평가하기도 한다.

외모에 대한 평가는 사람에게만 해당하는 건 아니다. 우리는 이 세상에 존재하는 대부분을 외견으로 평가한다. 아파트, 자동차, 건물, 상품 등은 모두 예쁘고 보기 좋아야 인기가 있다. 꾸밀 수 없는 자연조차도 아름다울 때 관광지로서 대접받는다.

볼거리가 많은 교토에는 보자마자 감탄을 부르는 경관도 있지만 볼품없는 것들도 많다. 그중에서 내 눈에 가장 많이 띄고 시선을 사로잡는 것이 교토의 썩어가는 나무들이다. 이끼와 상생하는 나무, 그걸 방치하는 교토, 결국 나무는 구멍이 뚫리고 썩어 버린다.

자연물 중에서 오랫동안 인간과 함께해 온 나무, 언뜻 보기에는 인간에게 비교도 안 되는 초라한 존재로 여겨지지만 그렇지 않다.

연령으로 비교해 본다면 인간은 나무에 비교 불가다. 2016년 뉴욕타임스는 '세계 지구의 날'을 맞아 현존하는 세계 최고령 나무인 '므두셀라'를 소개했다. 캘리포니아 국립 산림지에 있는 나무로 연령이 4,847년이다.

우리나라에서 가장 오래된 나무는 강원도 정선 두위봉 주목이며 약 1,400년으로 추정된다. 일본에서 가장 오래된 나무는 야쿠시마의 삼나무로 2,000년으로 추정된다.

교토 썩은 나무

고쇼 300년 된 푸조나무

내가 자주 가는 교토 고쇼에도 300년 된 푸조나무가 아직도 생생하게 자라고 있었다. 현대에 와서 영양 섭취가 좋아지고 의학이 발달해 인간 수명이 늘었다고 하지만 그래 봐야 고작 백 년이다.

　교토의 나무들은 희생정신이 강한 듯하다. 자기를 원하는 그 모든 이에게 기꺼이 자기의 몸과 목숨을 내어놓는다. 사람과 동물에게 안식처가 되어주고 이끼와 풀과 공생 공존한다.

　여기저기 상처투성이인 교토의 나무들에서 왠지 모를 아름다움이 느껴진다. 깨끗하고 건강하고 보기 좋은 것만 아름답다고 생각했던 내 관념에 변화가 일었다. 이끼 낀 나무가 화려해 보이고, 떨어진 낙엽에 눈이 가고, 앙상한 가지에 손길이 간다. 그리고 썩어 구멍이 뚫린 나무를 한참을 들여다보고 새로운 미학을 느낀다.

　볼품없어도 아름다울 수 있다.

생명수

"아빠, 저게 뭐야?"

서예학원을 가는 길에 아들이 물었다.

"물통 같은데?"

"아니, 저 한자가 뭐냐고?"

"방…화… 라고 쓰여 있는 것 같은데."

"방화? 누가 불을 지르나?"

교토 골목길을 걷다 보면 무수히 볼 수 있는 것들 중의 하나이다. 집 앞에는 어김없이 물이 가득 채워진 빨간 물통이 놓여있다. 그리고 물통에는「防火」라는 한자가 새겨져 있다.

'방화'에는 두 가지 한자가 있다. '불을 방지한다.'는 '防火'와 '불을 지른다.'는 '放火', 한자는 다르지만 우리말 발음은 같다. '소방차'에 익숙한 우리는 '消火'라는 단어만 생각하다가 조금은 낯선 단어에 시선이 끌린다.

교토 집 앞에 놓인 방화수

가정집 앞 방화수

최고의 산책로인 교토 골목에서 자주 발견하는 빨간 물통, 고개를 내밀어 들여다보면 물이 가득 담겨있고, '防火'라는 한자가 선명하게 적혀있다.

목조주택이 많고 지진과 재난이 많은 나라이다 보니 불에 민감한 것이 당연할 것이다. 고개를 끄떡이다가 낯선 한자어가 궁금해진다. 왜 '消火(소화)'가 아닌 '放火(방화)'라는 단어를 썼을까?

'방화'라는 단어에는 교토인들의 절실한 감정이 담겨 있다. '소화'는 불이 났을 경우 끄는 행위만을 나타내지만, '방화'는 불을 사전에 방지한다는 유비무환의 정신이 깃들어 있는 표현이기 때문이다.

한국은 대부분 콘크리트 건물이므로 불이 나면 소방차를 불러 끄면 되지만, 일본은 목조건물이 숨 쉴 틈도 없이 빽빽이 붙어 있는 구조라, 불이 나면 엄청난 재난을 초래한다.

교토의 '방화수'는 바로 '생명수'이다.

어제의 너와 데이트한다

＊
＊

'저 이번에 내려요.'

커피 광고에 나온 유명한 대사이다. 버스 안에서 자신에게 관심을 보이며 머뭇거리는 류시원에게 전지현이 건넨 말이다. 누구나 한 번쯤은 버스나 지하철에서 우연히 본 이성에게 마음이 끌려 따라 내려서 고백하는 상상을 해 봤을 것이다.

버스 창문으로 흘러들어 오는 햇살에 비친 찰랑거리는 긴 생머리에 하얀 얼굴, 한 손으로는 손잡이를 잡고 한 손으로는 작은 시집을 들고 읽고 있는 여학생, 남자들을 심쿵하게 만드는 장면이다.

친구들과 짜고 마음에 드는 그녀를 괴롭히는 건달 역할을 시키고 그들을 멋있게 때려눕히는 구성, 우연을 가장해 자주 그녀 앞에 나타나 인연임을 강조하는 구성, 70~80년대 청춘 영화의 기본적인 구성이었다.

그러고 보면 '용기 있는 자가 미인을 얻는다.'라는 말은 정답이다. 아무리 마음에 드는 이성이 있더라도 말을 걸지 못하면 그냥 스쳐 지나간 인연에 불과하다. 즉 이 세상의 애인, 부부라는 이름으로 함께하는 남녀는 어느 날 어떤 계기로 서로 만나서 말을 건넴으로써 이루어진 인연인 것이다.

한쪽이 말을 걸기 위해 설레며 망설이듯이 다른 한쪽도 제발 말을 걸어주길 바라며 기다릴지도 모른다. 세상의 모든 남자가 첫눈에 반한 여자에게 말을 걸고 싶어 하듯이 세상의 모든 여자는 남자들이 자기에게 첫눈에 반해 말을 걸어주길 기다릴 것이다. 그렇게 우연은 필연이 되는 것이다. 그렇게 우리는 인연을 만들어 가는 것이다.

영화 포스터(나는 내일, 어제의 너와 데이트한다)

나이가 드니 재미있게 봤던 영화나 드라마가 언제부턴가 흥미 없어지기 시작했다. 수많은 스토리를 보다 보니 처음에는 호기심에 재미있었지만, 어느덧 현실성이 떨어진 구성에 식상해지기 시작했다.

재벌 2세, 출생의 비밀, 신데렐라 등 뻔한 스토리 구성과 막장 드라마라 부르듯 얽히고설킨 관계들, 한없이 빠져드는 면도 있지만 어느덧 지쳐간다. 일본의 경우에는 남녀 간 영혼이 바뀌거나 과거와 미래를 넘나드는 시간여행의 스토리가 많다. 너무 현실적인 이야기는 재미가 없겠지만, 너무 비현실적인 이야기 또한 흥미를 잃게 만든다.

그럴 즈음 내 마음과 눈을 사로잡는 일본 영화가 개봉되었다. '나는 내일 어제의 너와 데이트한다(ぼくは明日、昨日のきみとデートする)'라는 제목에서 시간여행에 관한 스토리일 것 같아 처음에는 관심이 없던 영화였다. 전혀 보고 싶지 않은 영화였는데 니죠 역에 있는 영화관에 갔다가 시간이 안 맞아 어쩔 수 없이 기대도 안 하고 보게 된 영화였다.

주인공 남녀는 시간이 거꾸로 가면서 주기적으로 만나는 인연을 가지고 있다. 즉 남자가 어렸을 때 어른인 여자를 만나고, 남자가 어른일 때는 어린아이의 여자를 만난다. 그들은 5년마다 한 번씩 한 달간 만나게 되는데, 나이가 다를 때 만났을 때는 서로의 목숨을 구해주는 인연이었으며, 같은 나이인 20살에 만났을 때는 서로 사랑하는 연인이 된다.

남자의 내일은 여자의 어제이다. 즉 남자는 여자를 만나고 사랑하게 되는 정상적인 흐름이지만 여자는 내일이면 어제가 되므로 남자를 다시 몰라보게 되는 것이다. 그들이 만난 마지막 날, 즉 한 달째 되는 날, 여자에게는 첫 번째 날, 남자는 여자에게 한 달간의 추억을 전부 얘기하고 여자는 그것을 수첩에 자세히 기록한다. 다시 모르게 될 인연을 이어가기 위해, 사랑을 이어가기 위해 세세한 만남의 행적을 기록해 두는 것이다.

영화의 한 장면인 가모강에서의 데이트

그들의 첫 만남은 이랬다. 남자는 학교 가는 전철 안에서 창가 쪽에 서서 햇살을 받으며 책을 읽고 있는 그녀에게 첫눈에 반한다. 그녀가 내리자 황급히 뒤따라 내리고 그녀를 불러 세운 뒤 수줍은 고백을 한다.

'첫눈에 반했습니다.' 여자는 기록해 둔 스토리대로 이루어진다는 기쁨에 살포시 눈물을 감추며 그의 프러포즈를 받아들인다. 그렇게 그들의 인연은 여자의 세팅 작업을 통해 꾸준히 이어져 가게 된다.

즉 여자는 남자가 자기에게 첫눈에 반한다는 것을 이미 알았기에 그 인연을 완성하기 위해 그의 등교 시간에 맞춰 같은 전철에 올라타고 그가 잘 볼 수 있게 그의 시야권 안에서 책을 읽으며 그를 불러들인 것이다. 우연을 가장해 미리 세팅을 한 것이다. 그렇게 그들은 한 달 동안 아슬아슬하게 사랑을 이어가고, 한 달 뒤 그녀는 사라진다.

'휴~, 그와의 인연에 안착했다.'

그들의 첫 만남, 아슬아슬하게 시간에 맞춰 전철을 타고 세팅을 완료했을 때 그녀가 속으로 한 말이다. 그렇다. 우리들의 인연은 어쩌면 우연이 아니라 정해진 세팅 속에 이루어지는 필연인지도 모르겠다. 영화처럼 우리의 인생 스토리도 어떨 때는 NG가 나서 인연이 안 이루어지기도 하고, 어떨 때는 OK 사인을 받고 인연이 이루어지기도 하는 것이다.

수많은 인연을 만나기 위해 우리는 수없이 인연을 세팅하면서 하느님의 OK 사인을 받기 위해 끊임없이 노력하는지도 모르겠다.

이렇게 비현실적인 영화가 왠지 현실적으로 다가오는 이유가 하나 있다. 바로 내가 수없이 지나다녔던 교토의 명소들을 배경으로 촬영을 했다는 것이다. 산죠오바시, 가모가와 징검다리, 후시미 이나리, 에이덴 완만덴샤, 히에잔 전망대, 다카라가이케 등. 결국, 난 영화 속에 나오는 주요 장면들을 캡처한 후 실제로 그 촬영지를 돌아다니며 사진을 찍었다.

그동안 내가 지나다녔던 교토, 내가 보고 숨 쉬고 다녔던 곳에서 그들이 데이트하며 그 인연을 만들어갔다고 생각하니 그 비현실적인 스토리가 너무나 현실적으로 느껴진다. 배경들을 보고 있자니 꼭 우리 동네 청춘들의 이야기인 것 같기도 하고 말이다.

내가 교토에 온 것 또한 세팅 된 우연은 아닐까? 그토록 보기 싫어하던 비현실적인 영화를, 내가 수없이 밟고 지나다닌 교토를 배경으로 촬영한 영화를 본 것 또한 세팅 된 설정은 아닐까?

우리는 모두, 하나님이 하늘에서 바둑알을 놓듯이 세팅해 놓은, 필연인지도 모를 우연을 살아가는지도 모르겠다.

교토 가모강 촬영지 실제모습

영화 포스터 실제 기차 모습

교토를 외도하다

The 일본스러움(미야코지마)

* 지도를 그리다

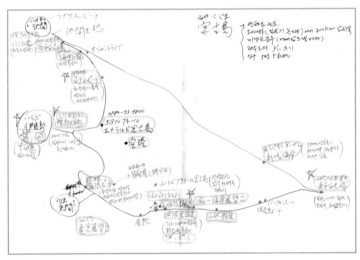

내가 직접 그린 미야코지마 관광지도

"와, 완성이다!"

가오리 같기도 하고, 오징어 같기도 한 이상한 지도를 그리는데 장장 세 시간이나 걸렸다. 누가 보면 그게 뭐냐며 비아냥거릴게 분명한 서툴기 그지없는 지도였다. 그러나 나에게 이 지도는 보물과도 같았다. 인터넷과 유튜브, 여기저기에서 여행 정보를 찾아 주요 관광 포인트를 기록한 나만의 여행 맵. 이 어설픈 지도는 2박 3일 렌터카 조수석 옆자리에 앉아 여행 가이드 역할을 톡톡히 해 주었다.

대부분의 사람은 일본 여행을 계획하면 도교나 오사카 같은 중심 도시를 고른다. 관광도시다 보니 잘 다듬어진 그곳에서 일본을 만끽하기도 하지만 왠지 2% 부족함을 느낀다. 과거와 현재, 동양과 서양이 섞인 가공된 전통에 살짝 아쉬워하는 것이다. 마치 퓨전 창작요리처럼 맛은 있지만 씹는 순간 고개를 갸우뚱하게 하는 그런 맛이다. 우리나라로 치자면 관광지로서 인위적으로 조성된 한옥마을 같은 곳 말이다.

오사카 최대 번화가인 신사이바시

"오지라고 하는 개념을 항상 서울을 중심으로 생각합니다." 제1권을 서울이 아닌 남도를 배경으로 '나의 문화유산답사기'를 쓴 유홍준 교수의 말이다. 그는 지방을 중심으로 국토를 보고자 하는 역발상에서 땅끝 마을을 가장 먼저 밟았다고 역설했다.

주요 관광지라 하면 수도 같은 그 나라의 대표 도시만을 떠올리지만, 그곳을 탈피하면 현지인들만이 찾는 본연 그대로의 정취를 느낄 수 있는 곳들이 있다. 우리가 서울이나 한옥마을은 외국인에게 양보하고 설악산, 강릉, 제주 같은 곳을 찾는 것과 마찬가지일 것이다.

그런 이유에서였다. 어설픈 나만의 지도에 무려 세 시간이나 투자한 것은. 문득 유홍준 교수의 말이 생각나 일본의 중심이 아닌 변두리를 택했고, 낯선 곳으로의 여행, 그 두려움과 설렘에 나름 준비를 했던 것이다. 7천여 개의 섬으로 이루어진 일본 영토는 총 길이 3천km에 달하는 기다란 열도의 형태이다. 구글맵으로 지도를 훑어보니 양쪽 변두리로 홋카이도와 오키나와가 눈에 띄었지만, 눈은 애써 아래쪽으로만 쏠리었다. 겨울 여행이고 추위를 싫어하는 탓에 시선은 하염없이 최남단 오키나와에만 머물렀다.

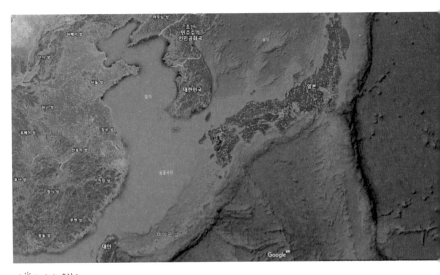

미야코지마 위치

본토와 여러 개의 조그마한 섬으로 이뤄진 오키나와현, 그 중 미야코지마(宮古島)라 불리는 섬은 최고의 휴양지로 꼽힌다. 오키나와 본토에서도 남서쪽으로 300km 아래에 있으며, 제주도의 1/11 크기이다. 일본의 몰디브라 불릴 정도로 에메랄드빛 바다로 유명하고, 직항기가 있어 접근 또한 편리한 곳이다.

섬이 만들어 낸 특유의 아름다운 해안 풍경은 몸과 마음을 힐링하기에 부족함이 없다. 속이 훤히 들여다보이는 바닷물은 쳐다만 봐도 눈이 맑아지는 느낌이다. 연평균 20도를 넘기에 겨울에도 따뜻하지만, 태평양 남단 콩알만 한 섬이다 보니 정확하다는 일본의 일기예보조차 틀릴 정도로 변덕스러운 날씨가 여행의 가장 큰 변수이다.

* 섬과 섬을 타고 넘다

이라부 대교

조그만 섬이지만 파워 스폿들을 돌아보려면 최소한 2박 3일은
계획해야 한다. 섬 주위에는 이라부섬(伊良部), 이케마섬(池間島), 쿠
리마섬(来間島)이라는 또 다른 섬이 세 개나 있고 그들을 잇는 대
교 또한 주위 경치와 어울려 나름대로 인기가 있다.

그중 가장 긴 이라부대교(伊良部大橋)는 마치 파도치는 듯 출렁
거리는 곡선의 미를 보여준다. 얼른 그 선율 속에 빠지고 싶어 달
려가 본다.

설레는 내 마음과는 다르게 잔뜩 찌푸린 날씨는 기대했던 멋있는 경관을 쉽사리 보여주진 않는다. 거칠게 출렁이는 파도는 굴곡진 다리와 맞물려 약간의 긴장감을 더해 주기도 한다. 그래도 '저 너머 섬에는 어떤 보물이 있을까?' 한껏 기대를 품어본다. 긴장과 설렘으로 한껏 액셀을 밟으며 야트막한 다리 언덕을 힘차게 타고 넘어간다.

섬 안에 두 개의 연못이 있는 곳, 바다와 연결되어 있어 토오리이케(通り池)라 한다. 조수간만의 차에 따라 연못 수위도 달라진다고 하니 분명 연결은 되어 있나 보다. 검푸른 빛 연못 속을 들여다보니 빨려 들어갈 듯 강한 흡입력이 느껴진다. 떨어지는 순간 소용돌이치는 연못 속으로 빨려 들어 무심히 태평양으로 흘러갈 터, 나도 모르게 다리에 불끈 힘이 솟는다. 자연이 만들어 낸 연결고리, 인간이 함부로 범접하지 말라는 듯 근엄한 표정에 한껏 움츠러든다.

이라부대교 중간 지점에서 바라본 광경

토오리이케

교토를 외도하다

* 모래언덕길 너머에는

스나야마 해변 입구

신비의 섬을 나와 본토 미야코지마섬으로 다시 돌아왔다. 역시 휴양지하면 뭐니 뭐니 해도 비치를 빼놓을 수 없지! 스나야마 해변(砂山ビーチ)은 그중에서도 손꼽히는 곳이다. 아름다운 여인이 쉽사리 얼굴을 보여주지 않듯 입구부터 무성한 야자수로 자태를 감춘다. 그 새침한 모습과 어울려 남태평양 휴양지 분위기가 물씬 풍긴다. 마치 밀림에 들어가는 기분마저 들 정도로 야자수로 뒤덮인 이국적인 모래 언덕길을 한참을 지나면 드디어 설탕을 뿌린 듯 하얀 백사장이 모습을 드러낸다.

백사장 한쪽에는 오랜 세월 속 파도에 길든 기이한 바위 절벽
이 무심히 서 있다. 외로이 파도를 막아내며 백사장을 지키는 일
등 공신이다. 바위 사이에는 휑하니 큰 구멍이 뻥 뚫려있는데 그
틈새를 배경으로 누구나 카메라를 들이댄다. 카메라 셔터 소리에
놀란 듯 파도는 성난 기세로 모래사장을 사정없이 쓸어버린다.

야담하지만 웅장한 스나야마 해변

* 그릴 수 없는 아름다움

인갸 해안 모습

　다음 날, 날씨는 조금 수그러들었다. 행선지는 인갸 해안전망대 (インギャー海岸展望台), 어젯밤 이자카야에서 너무 즐긴 탓인지 덜 풀린 취기 덕에 에메랄드 바닷물이 더욱 황홀해 보였다. 전망대에 올라 건너온 길을 내려다보니, 바다와 해안이 서로 사랑을 나누는 듯 아름답게 어우러진 풍경에 한동안 정신을 잃었다. '저 너머 언덕배기에 사는 사람들은 얼마나 좋을까? 아니, 너무 자주 봐서 지겨울까? 지겨워도 좋으니 저곳에 살고 싶어라!' 처음 보는 풍경에 취해 잠시 엉뚱한 상상 속에 빠져보았다.

이번엔 제대로 된 그림을 감상해야지! 반대편 바다를 쳐다보니 신비스러운 그림에 절로 감탄사가 나온다. 바닷물에 파란색 물감을 뿌려놓은 듯 짙푸른 색과 엉클어진 해안, 그야말로 자연이 제멋대로 만들어낸 선과 색채의 조화이다.

인갸 해안전망대에서 바라본 풍경

그 어떤 화가도 흉내 낼 수 없는 자연만이 가능한 작품이다. 끝없이 펼쳐지는 해안선, 하나도 똑같지 않은 그 형언할 수 없는 붓터치의 매력에 빠져 한없이 셔터를 눌러댔다.

인갸 해안선 풍경

* 동쪽에 이상한 놈이 있다

히가시헨나자키 가는 길에서

해안 길을 따라 오른쪽으로 끝까지 가 보니, 히가시헨나자키(東平安名崎)라는 곳이 나온다. '동쪽 이상한 곳', 번역하면 이렇게 된다. 미야코지마섬 오른쪽 끝에 위치해 있는데 마치 나루터처럼 길게 바다로 향해 늘어서 있는 모양새이다. 해변의 아름다움을 담고자 하는 카메라맨의 욕망은 비슷한지 광고 촬영지로 유명한 곳이다. 바로 미샤 광고 촬영지였으며, 일본 100대 전경에도 꼽히는 곳이다. 100대 전경 중 한 곳에 왔다는 뿌듯함보다는 나머지 99개 곳을 언제 다 가 볼까 하는 아쉬움이 더하는 이유는 뭘까?

낯선 곳에 온 조급함 때문인지 스케줄을 조금씩 앞당기며 다
닌 탓에 약간의 시간이 남았다. 비행기 시간에 맞춰 남은 시간을
뭘 할까 잠시 고민했다. 고민은 그리 길지 않았다.

히가시헨나자키

푸르고 투명한 바닷속 세상. 그래, 마지막으로 그곳으로 여행을 떠나보자! 낯선 세계로의 여행, 부푼 가슴을 애써 진정하며 해중관람선(シースカイ博愛)에 올라탔다. 아니, '내려탔다'가 더 정확한 표현일 것이다. 배에는 지하 1층이 있었고, 안내를 받으며 그곳으로 내려가니 흡사 해양수족관과 같은 모습이 펼쳐졌다.

산호초와 열대어가 많고 맑은 바닷물이 자랑인 미야코지마, 실물 수족관은 신비로움 그 자체였다. 그간 육지 위로만 여행하던 나에게 색다른 경험이었다. 바닷속 세상을 구경하는 것도 여행의 또 다른 매력을 주기에 충분했다.

강렬한 여운을 간직하고 직항기에 몸을 실었다. 미야코지마! 시야에서는 점점 아련해지지만 이제는 지도를 그릴 필요가 없을 정도로 내 마음 깊숙이 자리 잡았다.

시작과 끝이 그렇듯, 세상 모든 곳은 하나의 세트다. 모두가 모여 하나를 이룬다. 서로 조화 속에서 어울리는 것이다. 그렇게 내가 택한 곳에 의미를 부여하며 스스로 만족했다. 도시처럼 화려하지 않아도 편리하지 않아도 괜찮다. 그곳에는 가공되지 않은 순수함이 있다. 사람의 발길이 뜸한 만큼 첨가되지 않은 수수한 맛을 오롯이 느낄 수 있는 그곳에서, 어쩌면 'the 일본스러움'을 느꼈는지도 모르겠다.

해중관람선 지하1층 객실과 관람선에서 바라본 수중 풍경

일본의 중심으로(도쿄)

＊ 가장 먼저 할 일은?

대학 자동발매기에서 학생할인 증명서 발급받는 장면

에도시대 도쿠가와 가문의 본거지인 도쿄는 메이지유신을 거치면서 일본의 새로운 수도가 되었다. 그동안 수도였던 교토는 도쿄와는 점점 격차가 벌어졌지만 결국 그 덕분에 지금의 예스러운 모습을 간직할 수 있었다.

교토에서만 살다 보니 일본의 중심인 도쿄가 보고 싶어졌다. 교토에서 460여 km나 되는 도쿄, 그 옛날 다이묘들이 수많은 사무라이를 대동하고 몇 날 며칠을 이동했을 그 길을 신기술의 상징인 신칸센을 타고 두 시간 남짓에 갈 수 있다.

신칸센을 타려면 가장 먼저 해야 할 일이 있다. 바로 학생할인증명서를 발급받아야 한다. 비싸기로 소문난 일본의 기차, 그중에서도 신칸센은 가장 비싸다. 교토에서 도쿄까지는 12만 원이 넘는다. 대학교 자동발급 기계에서 나온 증명서를 손에 쥐는 순간, '아! 드디어 가는구나.' 하며 실감했다.

* 가장 먼저 들른 곳은?

일왕이 살고 있는 황거 앞에 있는 안경다리

인간은 톱이 되기를 원하고, 되진 못하더라도 그들을 동경한다. 왕과 왕비, 인간으로 태어나서 최고의 자리에 오르는 기쁨은 어떨까! 인류 중 상위 1%도 안 되는 그들이기에 부러움의 대상이다.

일왕이 살고 있는 곳을 황거(皇居)라 한다. 에도시대 에도성(江戸城)이 있던 자리라 꽤 넓은 부지를 차지하고 있고 인근에는 정부 부처도 포진되어 있다. 황거 중 동쪽 정원은 일반인에게도 개방한다.

천황의 거주지로 들어가는 정문과 다리 중 이중교 또는 안경다리라고 불리는 곳은 인증샷 장소로 유명하다. 이 다리는 우리에겐 아픔이 서려 있는 곳이다. 1924년 의열단인 김지섭 의사가 천황을 사살하기 위해 폭탄 3개를 던졌던 다리이기 때문이다.

일본의 왕은 권한이 없는 상징적인 존재이다. 옛날에는 쇼군, 지금은 총리대신이 나라를 이끌어가고 그는 성안에 갇혀 사는 힘없는 왕일 뿐이다. 어쩌면 그게 일본의 왕이 지금까지 이어져 온 이유일지도 모르겠다. 아무 권한이 없기에 권한을 남용할 수도 없고, 시기 질투도 받지 않는다.

* 도심 속 휴식

언어의 정원에 나오는 곳(애니 장면과 실제 모습)

교토를 외도하다

화려한 도시, 바쁜 일상, 도시인에게 꼭 필요한 것이 있다. 바로 쉼이다. 산책이나 나들이처럼 여유롭게, 편안한 마음으로, 사랑하는 사람들과 무언가를 함께하는 행위는 도시인에게 꼭 필요한 힐링이다.

이런 한가로운 휴식에 가장 알맞은 것이 있다. 바로 친구, 연인, 가족들과 함께하는 공원에서의 휴식이다. 보는 사람들마저 평온하게 만드는 광경, 바로 공원을 뛰어노는 아이들과 그들을 지켜보는 부모의 모습이다. 공원은 가족, 친구, 동료들과 편안하게 오붓한 시간을 보내기에 더없이 좋은 곳이다.

대도시인 도쿄에도 많은 공원이 있다. 빽빽하고 밀집한 도시의 빌딩 숲속에 숨어있는 아름다운 연못, 넓은 잔디밭, 예쁜 꽃나무들로 구성된 진정한 도시민들의 쉼터이다.

가장 먼저 들른 곳은 신주쿠교엔(新宿御苑)이다. 애니 '너의 이름은(君の名は)'의 작가 '신카이마코도(新海誠)'의 또 다른 명작인 '언어의 정원(言の葉の庭)'의 무대이기에 꼭 가보고 싶은 장소였다.

공원하면 우에노공원(上野恩賜公園)을 빼놓을 수 없다. 일본 최초의 공원으로 도쿄를 대표하는 공원이다. 공원 안에는 미술관, 박물관, 동물원 등 다양한 시설들이 밀집되어 있다. 포장마차도 있고 오리 배를 탈 수도 있다. 봄에는 벚꽃 명승지이기도 하다. 시끄러운 도심 속에서 새들까지 긴장을 푸는 평화로운 공원이다.

도쿄돔을 끼고 뒤쪽으로 돌아가면 도쿄돔 지붕이 보이는 조그만 정원이 나온다. 바로 고라쿠엔(小石川後楽園)으로 도쿄돔이 있어 주위에는 놀이기구가 많아 가족들의 휴식공간이다. 도심 속 호수와 꽃들로 가득한 운치 있는 공원으로 물에 반사되어 보름달을 완성하는 다리(円月橋)가 유명하다.

'円月橋'이라는 운치 있는 다리

* 빠질 수 없는 신사

참배길 대형 토리이를 지나는 관광객들

일본의 수도 도쿄에도 수많은 신사가 있지만 그중에 두 곳이 유명하다. 한 곳은 일본 근대화의 기틀을 마련한 메이지 천황을 모시는 메이지 신궁, 또 한 곳은 어부형제가 스미다 강에서 건진 관음상을 모시는 아사쿠사(浅草) 신사이다.

메이지 신궁은 하나의 거대 공원이다. 잘못하다간 미로 속에 갇히듯이 길을 잃어버릴 정도로 넓고 복잡하다. 메이지 신궁은 나무로 세운 여러 개의 큰 토리이(大鳥居)가 인상적이다. 일본에서 가장 많은 참배자 수를 자랑할 만한 유명한 신사로 주위에는 정원(明治神宮御苑)도 있다.

아사쿠사 신사(浅草神社)는 규모는 작지만 외국인에게 꽤 유명하다. 시내 속에 위치해 있고 일본신사 분위기가 짙은 곳으로 수많은 관광객이 몰려든다. 규모가 크고 화려하기에 제법 인기 있는 문(宝蔵門)을 따라 양옆으로 빼곡히 일본식 상점가가 형성되어 있는 곳이다.

도쿄에서 의미 있는 두 개의 신사, 왠지 정반대의 느낌이다. 하나는 넓고 평온하고, 하나는 좁고 번화하다. 교토의 헤이안진구와 야사카 신사와 같은 분위기이다.

야사쿠사 신사 입구 상점가

* 빠질 수 없는 전망대

도쿄 도청

    도쿄는 수도인 만큼 거대 도시를 조망할 수 있는 전망대가 특히 많다. 그중 무료로 개방하는 도쿄도청 전망대(東京都庁 展望台)는 빠질 수 없다. 45층(202m)에 전망대가 있다. 남쪽, 북쪽 두 군데에 있으며, 초고속 엘리베이터를 타고 55초 만에 올라간다.

도쿄타워(東京タワ—)는 상징적인 의미가 강하다. 250m로 도쿄 도청보다 조금 높지만 유료이다. 맑은 날은 후지산까지도 볼 수 있지만 다른 전망대들이 생기면서 명성만큼 그리 유명하지 않아 조용한 분위기 속에서 도쿄를 볼 수 있는 곳이다.

도쿄타워

롯폰기 힐즈 도쿄시티뷰(六本木ヒルズ東京シティビュ)는 대 번화가의 야경을 즐길 수 있는 곳이다. 밤이 되면 도시의 불빛이 뿌연 공해마저도 삼킨다. 미술관, 상점들이 있는 복합 상업시설로 사람들로 붐비는 곳이다.

롯폰기 힐즈 도쿄시티뷰

도쿄 스카이트리

타워 중 세계에서 가장 높은 타워가 도쿄에 있다. 바로 도쿄스카이트리(東京スカイツリー)이다. 상점가, 식당가, 놀이시설 모든 걸 갖춘 종합 레저타운이다. 사람들이 가장 많이 몰리는 곳이기에 디즈니랜드처럼 시간을 정해 입장할 수 있는 정리권이 필요할 정도이다. 스미다 강을 배경으로 찬란한 도쿄의 야경을 즐길 수 있는 최고의 장소이다.

도쿄 야경

* 교토가 그립다

　도쿄는 신주쿠(新宿), 하라주쿠(原宿), 시부야(渋谷), 긴자(銀座) 등 번화가가 많다. 현대식 건축물이 가득하고 쇼핑 천국이라 낮과 밤을 불문하고 수많은 사람으로 붐비는 대도시이다. 특별한 관광지를 검색하고 가지 않더라도 시간이 모자랄 만큼 충분한 관광을 즐길 수 있는 곳임에 틀림없다.

　교토보다 멋지고 화려한 도쿄. 좋은 시설, 많은 볼거리 등 대도시의 위엄이 돋보이지만, 왠지 허전한 느낌이 든다. 도쿄는 역시 대도시답게 한순간의 정지감도 없는 생동감이 느껴졌지만 내 취향에는 맞지 않는다.

　돌아오는 기차 안에서 잠시 내 취향을 돌아다본다. '너의 이름은'의 여자 주인공처럼 도쿄 같은 대도시를 그리던 그 옛날의 나, 세월이 흘러 어느덧 조용한 시골의 풍경이 그리운 현재의 내가 보인다.

　고향의 정서가 물씬 풍기는 소박함이 묻어나는 교토가 더욱 그리워진다. 돌아오는 신칸센에서 교토타워가 보이는 순간 다시 현재의 나로 돌아온다.

그릴 수 없는 아름다움(오사카·고베) **

* 오사카 야경에 취하다

    일본의 경우 숙박은 크게 료칸과 호텔로 나누어진다. 온천 지역을 갔을 때는 료칸, 도시 지역에 갔을 때는 호텔이 적당하다.

    수많은 숙박지 중 하나를 고르는 일은 결코 쉬운 일이 아니다. 결국 특징이 있는 곳을 찾게 된다. 접근성과 비용을 고려해 조건에 맞는 곳 중에서 손가락의 클릭을 부르는 한방이 있어야 한다.

    교토 북부 호쿠리크(北陸) 지역에는 방안 베란다에 노천탕이 있는 호텔이 있다. 바다를 보며 노천탕을 즐길 수 있는 호텔이다. 생각만 해도 멋지기에 그쪽으로 여행을 계획한다면 난 반드시 거길 선택할 것이다.

가장 큰 호수인 비와코(琵琶湖) 주변에도 많은 료칸이 있다. 그
중에 오고토(おごと)라는 곳이 유명한데 몇 개의 료칸들이 밀집해
있고 당일치기 온천도 있다. 그 료칸 중 맛있는 카이세키(懷石) 요
리와 더불어 비와코를 바라보며 노천탕을 즐기는 료칸이 있다.

아베노하루카스 호텔과 전망대 모습

영사관을 갈 일이 생겨 오사카에서 하루 숙박을 하기로 했다. 간사이 최대 관광지역인 오사카, 간사이국제공항이 있는 해양도시기에 수많은 관광객이 몰려온다. 따라서 숙박 장소도 넘쳐난다. 그중에 하나를 골라야만 한다.

최대 번화가인 신사이바시와 도톤보리 근처를 조건으로 걸고 특징 있는 숙박지를 검색했다. 오사카에서 가장 높은 전망대인 아베노하루카스(あべのハルカス) 호텔이 단연 눈에 띄었다. 벽면이 유리창으로 되어 있어 오사카 야경을 보며 숙박할 수 있는 곳이었다. 결코 지나칠 수 없는 크나큰 한방이기에 주저 없이 예약했다.

* 고베 야경에 취하다

고베항에서 바라본 야경

일본에서 가장 아름다운 낮의 풍경이 있다. '일본 3대 절경(日本三景)'으로 ①마츠시마(松島), ②아마노하시다테(天橋立), ③이츠쿠시마(厳島)이다. 자연이 만들어 낸 아름다운 작품들이다.

일본에서 가장 아름다운 밤의 풍경이 있다. '일본 3대 야경(日本三大夜景)'이라 칭하고 ①하코다테산에서 보이는 하코다테시(函館

市), ②마야산에서 보이는 고베시(神戸市), ③이나사산에서 보이는 나가사키시(長崎市)이다. 인간이 만들어 낸 아름다운 작품들이다.

아름다움을 추구하는 것, 인간의 본능적 욕구이므로 자연적이든 인공적이든 아름다움의 추구는 지속될 것이다. 아름다움이란 본인뿐만 아니라 상대방에게 좋은 느낌을 주기 때문이다. 3대 야경 중 교토에 가까운 '고베 야경'을 보러 가지 않을 수 없었다. 롯코산에서의 야경은 그야말로 바다와 도시가 어우러진 최고의 절경이었다.

멀리서 바라본 고베 야경, 그 속에 들어가 본다. 108m의 철탑의 포트타워(神戸ポートタワー)는 일본의 전통적인 장구모양을 본떠 만들었기에 가운데가 허리처럼 홀쭉해서 '철탑의 미녀(鉄塔の美女)'로 불린다. 포트타워 옆은 고베항 개항 120주년을 기념해 조성한 공원인 메리컨파크(メリケンパーク)이다. 1995년 고베 대지진은 6,300여 명의 목숨을 뺏어 갔다. 그날을 잊지 않기 위해 공원 한쪽에는 그 흔적이 그대로 보존되어 있다. 공원 조성 시 함께 개관한 해양박물관(海洋博物館)은 옥상 하얀색 배 모양 구조물이 유명하다. 영화관, 식당, 쇼핑몰 등이 있는 '모자이크(MOSAIC:モザイク)'라는 하버랜드(ハーバーランド)지역도 유명하다. 대관람차는 저녁에 다양한 빛깔로 변하며 쇼를 보여준다.

조금씩 어스름해지면 고베항은 새로운 모습으로 탈바꿈한다.
그 속에 담기는 것도 꽤 낭만적인 일이다.

고베항

호기심이 나를 이끌다(돗토리)   **

일반인이라면 외국의 경우 주요 도시나 기억한다. 미국이라면 수도인 워싱턴과 뉴욕, LA 정도이다. 일본이라면 수도인 도쿄 그리고 교토, 오사카, 삿포로 정도이다.

일본에서 인구가 가장 적은 현인 돗토리(鳥取)는 일본의 주요 도시보다 내 머릿속에 가장 먼저 기억된 도시이다. 일본 유학을 위해 여러 지역을 알아보던 중 앞서 유학 다녀온 선배가 돗토리에서 유학했다고 해서 관심을 갖게 되었기 때문이다.

돗토리는 예전에 습지가 많아 물새가 많았고, 그 새를 잡아 진상했기에 '새를 잡다'라는 데서 지명이 유래되었다. 그 당시로는 낯선 일어 발음, 처음 들어본 도시 명이었던 돗토리, 왠지 도토리라는 발음 때문에 오래도록 기억에 남았다.

돗토리 사구

돗토리에는 엄청나게 큰 모래언덕(砂丘)이 있다. 마치 사막처럼 말이다. 우리는 주위에서 못 보던 것에 대한 호기심이 있다. 예전 동남아시아에서 우리나라에 눈을 보러 여행 온다는 얘기를 듣고 이상하게 생각한 적이 있었다. 우린 겨울이면 자주 보지만 열대지방에 사는 사람들은 눈에 대한 호기심이 있을 것이다.

반면, 산과 바다가 있고 사계가 있는 어쩌면 자연적인 혜택이 풍부한 우리에게는 유독 사막이 어떤지 궁금하다. 그런 사막 같은 곳이 돗토리에 있다. 어마어마한 넓이의 모래사막이기에 사람들이 도토리처럼 보일 정도이다.

모래 박물관

돗토리에는 모래로 만든 조형물도 있다. 그 옛날 모래성이란 말이 있었다. 금방이라도 허물어질 듯한 성을 말한다. 스르르 흘러내리는 모래알로 뭔가를 만든다는 건 상상하기도 힘들다. 두꺼비집 놀이처럼 금방이라도 허물어질 듯한 모래를 이용해 조형물을 만든다는 건 눈으로 보지 않고는 믿기 어렵다.

일본의 상징인 후지산을 닮은 산이 돗토리에 있다는 말은 더욱 호기심을 자극했다. 일본의 가장 큰 산인 후지산과 또 비슷하게 생긴 '작은 후지산(富士山)'이라 불리는 '다이센(大山)'이라는 산이

다이센산

돗토리에 있다. 4월까지도 눈이 덮여 있어 아름다운 자태를 보여주는 산이지만 아쉽게도 여름이라 눈 덮인 모습은 볼 수 없었다.

돗토리에서 가장 유명한 것은 요괴마을이다. 요괴라는 단어 자체만으로도 호기심을 자극한다. 요괴 전문작가로 유명한 미즈키 시게로(水木しげる)의 고향인 사카이미나토에 요괴거리를 조성한 것이다. 인간과 닮은 듯하면서 요상하고 재주도 부리는 요괴에 한껏 빠져든다. 인간 흉내를 내며 특별한 능력을 가진 동물을 의인화한 만화영화는 매우 인기가 있었다.

'호기심천국'이라는 TV 프로그램이 있었다. 시청자들의 호기심을 골라 과학적인 실험을 통해 해결해 주는 구성이었다. 형설지공이라는 한자 숙어를 해결하기 위해 수많은 반딧불이를 잡기도 하고, 우산으로 하늘을 날기, 종이배로 한강 건너기 등 다양한 호기심들을 해결해 주었다.
돗토리에 대한 호기심들, 해결되는 쾌감을 하나씩 즐겼던 행복한 여행이었다.

요괴거리

복종은 자유보다 아름답다(후지산) ✳✳

후지산으로 떠나는 날은 아침부터 설렜다. 도쿄 여행을 위해 신칸센을 타고 가다가 보게 된 후지산은 그 이후로도 줄곧 내 마음을 사로잡았다. 눈으로 하얗게 덮인 후지산이 신칸센 창문을 가득 메웠을 때의 그 위압감과 황홀감은 도쿄 여행의 설렘을 잊게 할 정도였다.

후지산을 오를 자신은 없었다. 가까이에서 그를 바라보며 음미하는 것으로 만족하고 싶었다. 후지산을 전망하기 가장 좋은 장소를 검색해 보니 대부분 가와구치호수(河口湖)를 추천했다. 호수에 비친 눈 덮인 후지산, 그 모습을 내 눈과 카메라에 직접 담고 싶어졌다.

교토 역에서 신칸센을 타고 미시마 역에 도착했다. 역내 레스토랑에서 간단히 식사하고 버스를 타고 가와구치 역으로 이동했다. 잔뜩 흐린 날씨에 후지산은 쉽게 그 모습을 보여주지 않았다. 역사 뒤로 보이는 거대한 후지산을 보려던 희망은 사라졌지만 돌아오는 길에 볼 수 있는 기쁨도 누렸다.

가와구치 역(도착 시, 출발 시)

호수 방향으로 예약해 둔 미즈노 호텔로 걸어갔다. 조금씩 드러나는 후지산, 그래도 아직도 쉽사리 모습을 허용하지 않았다. 갈대를 배경으로 보이는 저녁이 어스름해지는 호수의 풍경만이 허탈한 내 마음을 위로해 주었다.

노을이 지는 가와구치 호수 풍경

호텔 방은 최고의 전망이었다. 베란다 커튼을 거두면 호수 너머로 눈 덮인 후지산이 마치 풍경화처럼 드리워져 있는 곳이었다. 다음 날 아침 찬 기운에 살짝 얼어붙은 호수를 배경으로 몸매를 드러낸 후지산을 드디어 만났다. 얼음에 비친 후지산의 모습, 그 사진을 찍기 위해 얼른 호수로 달려갔다.

호수를 한 바퀴 돌며 끊임없이 후지산을 마음에 담았다. 여객선을 타고도 그를 탐닉했고, 전망대에 올라 가장 가까이에서 그를 맞이했다. 후지산을 눈앞에 두고 온종일을 그와 함께했다. 마음은 벅찼고 돌아오는 내내 그는 내 마음을 온통 지배했다.

호텔 베란다와 전망대에서 바라본 후지산

후지산을 뒤로하며 돌아오는 버스 안에서 만해 한용운의 '복종'이라는 시가 떠올랐다. 눈 덮인 거대한 후지산을 쳐다보며 한참을 생각하게 만드는 한 구절이 있다.

'복종하고 싶은데 복종하는 것은 아름다운 자유보다도 달콤합니다.'

그렇게도 큰 존재였던 부모님, 어린 시절엔 그들의 그늘에 있을 때가 그래도 행복했다. 사춘기로 접어들며 조금씩 자유를 갈망했지만 고뇌와 두려움도 가져다주었다. 중년이 되면서 부모 그늘을 벗어났지만 그래도 부모님께 의지했던 어린 시절이 가장 행복했던 시절이었다.

성인이 되면서 자유만을 바란 건 아니었다. 자발적인 복종을 위한 존재들을 찾아 그들 아래에서 왠지 모를 편안함을 느꼈다. 학생 때는 사촌 형들과 선배들을 방패막이 삼으며 의지했다. 직장에서는 연륜이 있고 직위가 높은 분들이 그런 존재였다. 그들에게 잘 보이기 위해 좋은 말과 행동으로 관심과 사랑을 받으려 했다.

그런 행위들은 스스로 원해서 취한 일종의 자유를 담보로 한 자발적인 복종이었다. 내가 복종했던 그 존재들은 나보다 더 커 보이고 더 높아만 보였다. 생각, 지위, 돈, 권력, 모든 것이 나보다 높은 곳에 있는 존재로 느껴졌다.

인간은 권력욕을 과시하기 위해 높은 빌딩을 짓는다고 한다. 남들이 우러러보게 만든다는 것이다. 대도시의 높은 빌딩, 종교시설의 높은 탑과 십자가, 과거 왕들의 성, 모두 높게 만들었다.

비록 형체가 없더라도 신과 같은 위대한 존재는 하늘에 있다고 믿었다. 인간을 한없이 초라하게 만드는 대자연의 높은 산, 그 거대함은 인간을 스스로 복종하게 만든다. 그들을 우러러보고 그 웅장함에 고개를 숙인다.

인간은 본성적으로 다른 이보다 더 커 보이고 뛰어나 보이려는 욕구를 가지고 있으면서, 반대로 자신보다 더 큰 존재 아래에서 편안함을 느끼기도 한다. 에베레스트, 백두산 등 높은 산들을 끊임없이 정복하려 하지만, 어쩌면 산을 정복하려고 오르는 것이 아니라 그들의 품속으로 다가가는 것은 아닐까!

달콤한 자유를 느끼기 위해, 정복이 아닌 복종을 위해 산을 오르는지도 모르겠다.

후지산 경상 클로즈업

작은 교토와의 만남(호쿠리크)

✳
✳

✳ 교토가 어느새

 그토록 동경하는 아름다운 관광지에 사는 현지인에게 그곳이 당연히 좋으리라 생각하고 물어보면 의외의 대답이 나온다. 관광객은 며칠간의 짧은 여행이기에 그곳의 좋은 면만 보이고 설레는 감정으로 다가가지만, 현지인에게 그곳은 단지 생활공간일 뿐이다. 유명관광지가 되면 교통체증, 물가상승 등이 더해져 그들의 삶은 더욱 불편해질 뿐이다.

 교토 시민에게 교토가 어떠냐고 물어본다면 대부분 좋다고 답할 것이다. 역사와 전통을 지닌 옛 수도에 대한 자부심과 애착이 있기에 자랑스러워한다. 그러나 젊은 사람들이나 타지에서 온

이주민들에게 물어본다면 그다지 좋은 답변이 안 나오는 경우도 있다.

가장 안 좋은 점은 마을들이 매우 비좁다는 것과 사람들이 너무 많다는 것이다. 교토는 고층 건물이 거의 없고 개인 단독주택이 즐비하게 늘어서 있다. 번화가나 큰 도로 주변만 고층 상가나 맨션이 있지만 안쪽으로 들어가면 개인 주택들이 다닥다닥 붙어 있는 형태이다.

건평이 매우 좁기에 1층은 주차장으로 사용하고 2~3층을 주거공간으로 사용하는 구조이다. 주택 간의 간격이 거의 없어 틈새가 보이지 않고 목조건물이라 화재에 취약함은 물론, 평상시 창문을 열어봐야 옆집 벽만 보이는 구조이다. 외국인에게는 아기자기하고 정겹고 전통적인 모습이겠지만 그곳에 직접 사는 교토 시민에게는 그리 달갑지 않은 삶의 공간이다.

교토는 수도를 도쿄로 이전하기 전까지 오랜 기간 일본의 수도였기에 수많은 유적지가 즐비하다. 게다가 전통을 지키려는 시민들의 노력이 더해져 지금도 오래되고 낡은 느낌의 건축양식을 이어가고 있다. 최고의 관광지로 세계에 알려져 있고 일본 내에서도 유명한 곳이다. 수학여행 온 학생들과 외국인들로 교토는 매일매일 북적거린다.

유명 신사나 절은 계절이나 요일에 상관없이 관광객들로 넘쳐 난다. 버스, 지하철, 심지어 도로까지도 사람들이 꽉 차 있다. 유학 온 나도 어느 정도 살아보니 그런 붐비는 환경이 신경 쓰일 때가 있는데 하물며 평생을 살아야 하는 교토 시민은 어떨지 그 마음 이 이해 가기도 한다.

나이 든 어르신들은 그런 환경에 익숙해져 있고 교토에 대한 애정과 자부심이 있어 그런대로 불평 없이 살아가지만, 젊은이들 에게는 답답한 일상일 것이다. 교토 지인 아들인 고등학생에게 물 어보니 여지없이 그런 불편함을 토로했다.

교토 골목길 풍경

* 교토를 떠나 다시 교토로

'그럼, 교토 말고 어디가 좋아요?'

교토의 답답한 환경이 싫다고 답한 이들에게 물어보면 의외의 대답이 나온다. 고층 건물이 즐비하고 최신 건물과 최신 설비가 갖추어진 오사카나 도쿄 같은 대도시가 좋냐고 물어보면 그렇지 않다는 것이다.

'가나자와(金沢)'

교토가 지겹다는 지인 아들에게 묻자 그가 답한 곳이었다. 가나자와는 '작은 교토'라 불리는 곳으로 교토와 비슷한 분위기를 내는 곳이다. 일본 북쪽 오지에 있기에 대도시와 떨어져 있고 교통도 불편하므로 사람들의 접근이 덜한 한산한 곳이다.

그렇다. 우린 우리가 살던 곳이 싫든 좋든 자기도 모르게 길들고 정이 들기 마련이다. 그런 고향의 분위기에 나도 모르게 익숙해지는 것이다. 어릴 때 그렇게 싫어하던 김치를 계속 먹다 보니 어른이 되면 김치 없인 밥을 못 먹는 것과 같다. 가족끼리 티격태격해도 결국 엄마나 아빠와 닮은 상대를 만나 결혼하는 것과 같다.

'그래, 가나자와로 떠나자!'

2년간 유학 생활한 교토가 답답해 어디론가 여행을 떠나고 싶었지만, 결국 나 또한 교토와 닮은 가나자와를 선택하게 된 것이다. 교토보다는 관광객이 많지 않아 한산한 작은 교토를 느낄 수 있는 최고의 교토였다.

히가시차야마치(東茶屋町)에서는 교토와 닮은 듯한 예스러운 골목길을 한참을 돌며 한산한 교토 골목을 산책하는 기분을 느꼈다.

히가시차야마치

드넓은 잔디밭이 있는 가나자와성(金沢城)은 한가로운 역사 탐
방을 하기에 더없이 좋았다.

가나자와성

겐로쿠엔(兼六園)은 일본 3대 정원답게 아름다운 연못, 학처럼 우아한 소나무, 거북이 모양의 섬, 자연의 힘으로 솟구치는 분수, 뿌리가 들린 소나무, 정감 있는 산책길 그리고 그 속의 사람들, 그 매력에 빠져 다음 날 새벽 다시 정원을 찾았다. 아침 햇살 머금은 소나무를 한동안 바라봤다.

겐로쿠엔

니시차야마치(西茶屋町)는 히가시차야마치의 동생뻘 되는 작디 작은 교토로 마치 전세를 낸 듯 홀로 전통을 힐링했다.

니시차야마치 풍경

도진보(東尋坊)는 오랜 세월 바닷물이 그려낸 퇴적암의 예술품, 그 위에서 아찔하지만 시원한 바다를 즐겼다.

도진보 절벽에서

아와라 온천(あわら温泉美松)은 개인 노천탕이 딸린 료칸으로 유명하다. 김이 모락모락 나는 포근한 온천에서 혼자만의 온천욕을 즐기며 여행의 피로를 씻어 버렸다.

아와라 온천 료칸(방 옆 베란다에 개인 온천이 있다.)

한껏 교토를 외도하고 다시 교토로 돌아오는 날, 난 짧은 탄식을 읊조렸다.

'역시 교토네.'

교토 역 타워가 보이며 서서히 교토의 모습이 드러나는 순간, 교토의 클래스를 확실히 느꼈다. 가나자와가 아무리 비슷해도 진품 교토의 품격을 따라갈 수는 없다는 것을.

EPILOGUE

가슴 통증이 점점 심해졌다. 담배를 의심했다. 감기에 걸려도 콜록대며 피웠던 담배, 매서운 바람에도 옥상에 올라가 피웠던 담배, 그 녀석이 분명했다. 날이 갈수록 심해지더니 따끔거리는 통증에 잠을 깨기 일쑤였다.

정이 든 그와 작별을 고했다. 이러다 죽는 거 아닌가 하는 걱정에 다음날부터 그를 쳐다보지도 않았다. 20여 년 넘게 함께해 온 동반자였기에 헤어짐은 버거웠다.

그와의 이별을 서글퍼할 즈음, 난 교토를 거닐고 있었다. 교토의 골목은 온갖 잡념을 날려 보내기에 충분했다. 교토를 걷고, 생각하고, 느끼면서 나도 모르게 가슴 통증은 사라져 버렸다.

교토에서 돌아오자 답답함이 다시 찾아왔다. 가슴이 울렁거리고 우울하기까지 했다. 그제야 내가 지목한 범인이 틀렸음을 깨달았다.

잊혀가던 교토를 다시 소환했다. 교토 이야기를 꺼내 보며 과
거를 회상했다. 교토가 내 마음을 해방시켰던 것처럼 나도 교토를
가두지 않기로 했다.

다시 교토에게

초판인쇄	2021년 3월 5일
초판발행	2021년 3월 12일
지은이	김희정
발행인	조현수
펴낸곳	도서출판 프로방스
마케팅	최관호 신성웅
편집	권 표
표지 디자인	김나영
주소	경기도 고양시 일산동구 백석2동 1301-2 넥스빌오피스텔 704호
전화	031-925-5366~7
팩스	031-925-5368
이메일	provence70@naver.com
등록번호	제2016-000126호
등록	2016년 06월 23일

정가 15,000원

ISBN 979-11-6480-111-4 03810